U0108487

# 普通話〔修訂版〕
# 聽說訓練

張本楠
楊若薇　編
梁慧如

# 目 · 錄

# 再版前言

　　學習一種第二語言一般以聽説為主。聽、説、讀、寫四大語言技能，聽和説總是被排在最前面，這不是沒有道理的。在"兩文三語"的特定環境下，香港的中文書面語接近現代漢語標準語（普通話），而香港的中文口語由於以廣州話為基礎，則與普通話相去甚遠。因此，對於香港普通話學習者而言，普通話的聽説能力是更為重要的訓練項目。

　　提高普通話聽説能力並非一件輕而易舉的事。對此，適當的教材和正確的學習方法是兩項重要因素。如果教材適當，學習方法正確，你的學習自然會事半功倍；反之，如果教材內容和學習方法出現了問題，不但無助於你的學習進程，而且有可能事與願違，適得其反，阻礙你普通話聽説能力的提高。現在，擺在你面前的《普通話聽説訓練》（CD-ROM 互動版）是一本為香港中級普通話學習者精心設計的教材。就內容而言，本教材從香港普通話學習者的實際生活和溝通需要出發，包括交際、環境、語言、天氣、旅遊、飲食、娛樂、習俗、保健、購物、新聞和經濟等主題，內容全面且實用，程度適中而生動。就學習方法而言，本教材以主題式單元為經，以朗讀、聆聽、説話語言技能為緯，由淺入深，教學方法生動多樣。每個教學內容都有講解、有示範、有錄音、有練習及答案。為了引入聽説情境，每單元還配有精彩插圖。《普通話聽説訓練》既適合於課堂教學，又適合於自學；既適合於提高學習者的一般通話聽説能力，也適合於用以應付各種普通話公開考試。

《普通話聽説訓練》初版於 2003 年，本次再版時廣泛吸收了以往學習者的經驗，同時，對出版社編輯人員的建議亦多有採納。其中，修訂比較多的是常用詞語及其發音。對於少量錄音與文字內容不一致之處也一一作了相應的補正。全書結構以及課文和練習等主要內容本次再版時則未有改動。整體而言，本書的再版與初版思路一致、內容相通。所以，如果你是初版使用者，在過渡到新版時並不會遇到任何困難；如果你是本書再版的使用者，那麼，恭喜你，你有機會在以往學習者的經驗基礎上更上一層樓，在普通話聽説能力方面進步得更快！

對為本書再版提供過意見和建議的讀者以及三聯書店（香港）有限公司的編輯和製作人員，本書編者表示衷心的感謝！

張本楠、楊若薇、梁慧如

2014 年 5 月

# 使用説明

　　本教材專為普通話聽説教學而設計編製，也適合普通話自學者訓練聽説能力時使用。本教材講解詳細，話題內容廣泛，練習題目豐富，並配有發音標準，具有互動功能的 CD-ROM 光盤。

　　在使用本教材之前細讀以下指引，將有助於你明了本教材各部份的內容和訓練方法。

　　本教材按照日常生活中的主題情境，分為 12 個學習單元，即：交際、環境、語言、天氣、旅遊、飲食、娛樂、習俗、保健、購物、新聞、經濟。每一單元的聽説訓練內容大致圍繞同一個主題進行。

　　每一單元分為如下甲、乙、丙共三部份：

甲部　朗讀訓練
　　　一、詞語（20～40 音節）
　　　二、課文（300～500 音節）

　　在開始朗讀訓練時，有朗讀技巧講解。每單元以一種朗讀技巧講解為主。朗讀課文通常是該學習單元的導引，以短文為主，也有對話或其他形式。朗讀是聽説訓練的重要方法之一，因此應熟讀課文。詞語和課文在 CD-ROM 光盤內都附有錄音，並以漢語拼音注音（為方便學習，漢語拼音中的 "一" "不" 均以實際讀音標調）。

乙部　聆聽訓練（40題）

一、詞語聆聽

（一）詞語聽辨（10題）

（二）詞語聽寫（10題）

（三）詞語聽選（5題）

二、短句聆聽（5題）

三、對話聆聽（5題）

四、短文聆聽（5題）

聆聽訓練分為不同方面，包括語音聽辨、詞語聽辨和理解能力的訓練。練習時，應重視第一次聆聽效果。聆聽錄音一遍，即回答題目。第一遍練習完成後，可以重新收聽錄音，再做第二次練習。最後核對答案，並嘗試找出聽錯的原因。

對話和短文聆聽，對於學習者來說，可能難度較高。為了有助於理解，可在聆聽錄音前，迅速看一遍選擇題目，了解各題目大意；同時，也要學會邊聽邊做記錄，特別要記下一些重要內容，如時間、地點、人物、數字等等，以便可以根據記錄來回答問題。完成聆聽題目的回答後，學習者也可以反復聆聽這些練習，用作說話訓練的材料。

在語音聽辨練習中列出供選擇的詞語，其語音或是在普通話的讀音中相近，或是在廣州話中讀音相近；有的詞語則是在用法或語義上與廣州話有明顯區別，所以，在練習時要格外注意分辨。短句或對話練習中，說話者的語意和表達較為曲折，或含有"言外之意"，或屬於普通話的習慣用法，要注意細心領會，把握要旨。

丙部　說話訓練
一、對話（1 段）
二、短講（1 篇）
三、會話（1 篇）

　　丙部為說話訓練，其中要求語音、詞語的正確使用，以及思想感情的恰當表達。對話練習是就已有一方的說話內容，加以對答。短講練習，則是在閱讀或聆聽一段短文之後，作發揮性的短講。短講前，可以有 5 分鐘的時間作準備。學習者可以先寫出簡要的提綱，但不應寫成短文照讀。短講主要是訓練說話能力。其間要區別"唸"（有文字）和"說"（無文字）的不同。因此，練習時不應看稿子，做到"自言自語"。會話練習的目的是訓練學習者使用普通話的交際能力。首先要理解題目，閱讀相應的提示；然後，在心中設定一個場面和兩個以上的對話者；再根據對話者的身份和口吻，以及特定的情境設定會話。會話內容不得過少，同時要合乎邏輯。此部份訓練若與朋友共同進行，效果將會更好；不過，只要學習方法得當，自學同樣可以達到目的。

　　本教材的 CD-ROM 互動光盤提供了短講和會話的示範，學習者可通過 CD-ROM 光盤聆聽錄音。但是，範文並非答案，僅供練習參考。學習者應自行設計不同的說話內容。至於"聆聽訓練"各題，書後亦附有相應答案。

　　為了方便學習者根據不同環境學習，除可邊聽錄音邊在書中練習和填寫答案外，亦可充分利用 CD-ROM 光盤的互動功能在電腦中進行聽說訓練，則收效更大。

# 單元一 ●
# 你認識她嗎？
# （交際）

訓練目標：

■能以"交際"和"相互介紹"為基本話題進
　行聽說活動

■聽懂對人物相貌、職業以及相互關係的介紹

■能用正確的語音、恰當的詞語介紹自己和描
　述他人

甲
部 朗讀訓練

**講 解**

　　在聽說訓練中，為甚麼要有朗讀練習呢？因為朗讀不僅可以訓練正確讀音，而且，也是一種說話訓練的有效方法，所以，普通話水平測試的聽說方面，通常都包括朗讀一項。本教科書將朗讀練習放在每一單元的開頭，其目的是幫助讀者在開始該單元的聽說訓練之前，先做一次"熱身"的準備活動，熟悉該單元的基本話題和語彙。

　　本書的"朗讀訓練"共分兩部份："詞語朗讀"和"課文朗讀"。這兩部份的內容都以課文為中心。訓練的重點在語音（"詞語朗讀"部份）和語調（"課文朗讀"部份）。"朗讀訓練"基本可以分為兩個步驟：第一，要反復仔細地聆聽和跟錄音朗讀，儘量做到自己的朗讀與錄音相一致；第二，撇開錄音，完全由自己去朗讀。建議在做第一步的時候，可以邊朗讀邊聽錄音，並與朗讀員相比較。而在第二步的時候，可以根據自己的理解進行創造性朗讀。在朗讀訓練的初期，應以第一步的練習為主。俗話說："熟能生巧"，走好第一步，才可以走好第二步。

## 一　詞語朗讀

| nín | nǐ | zǎoshàng | nínhǎo | kōngjiě | tóngshì | rènshi | kāfēi |
|---|---|---|---|---|---|---|---|
| 您 | 你 | 早上 | 您好 | 空姐 | 同事 | 認識 | 咖啡 |

| cháng tóufa | dà yǎnjing | huāyǎn | gāogēnrxié | ǎi gèr |
|---|---|---|---|---|
| 長 頭髮 | 大 眼睛 | 花眼 | 高跟兒鞋 | 矮個兒 |

| lǎo péngyou | xiàohua |
|---|---|
| 老 朋友 | 笑話 |

### 講解

詞語朗讀時，應注意：

"您"和"你"的發音有區別，用法也有區別。在廣州話的口語中沒有"您"，但在普通話中經常使用，以示禮貌。注意這兩個詞的聲母是"n"，不要讀成"l"。

"認識""頭髮""眼睛""朋友""笑話"，都是輕聲詞。後字要讀得稍短、稍輕，音調向下降。

"矮個兒"的"個兒""高跟兒鞋"的"跟兒"是兒化韻，唸的時候要唸成一個音節，不能分開唸成"個—兒""跟—兒"。

"花眼"原指老視眼，在本課文中是"花了眼"的省略，意為看得不清楚、迷亂。

## 二　課文朗讀

| Huò : | Lǐ xiānsheng，zǎoshàng hǎo！ |
|---|---|
| 霍： | 李 先生，早上 好！ |

| Lǐ : | Huò xiǎojiě，nín zǎo！ |
|---|---|
| 李： | 霍 小姐，您 早！ |

霍 Huò：
聽說 來了 幾位 新同事，你 認識 他們 嗎？
Tīngshuō lái le jǐ wèi xīn tóngshì, nǐ rènshi tāmen ma?

李 Lǐ：
咦，那個 矮個兒、大眼睛、長 頭髮 的 女孩子，
Yí, nà ge ǎi gèr, dà yǎnjing, cháng tóufa de nǚháizi,
我 好像 在 哪兒 見過。
wǒ hǎoxiàng zài nǎr jiànguò.

霍 Huò：
你 是 說 正 在 低 頭 喝 咖啡 的 那個？她 是 我
Nǐ shì shuō zhèng zài dī tóu hē kāfēi de nàge? Tā shì wǒ
中學 時的 同學。
zhōngxué shí de tóngxué.

李 Lǐ：
她 以前 是 空姐 吧？有 一 次 我 去 加拿大，好像
Tā yǐqián shì kōngjiě ba? Yǒu yí cì wǒ qù Jiānádà, hǎoxiàng
在 飛機 上 見過 她。
zài fēijī shang jiànguò tā.

霍 Huò：
不會 吧，她 可 從 沒 當過 空姐，你 可能 看 花眼
Bú huì ba, tā kě cóng méi dāngguo kōngjiě, nǐ kěnéng kàn huāyǎn
了 吧？
le ba?

李 Lǐ：
也許 是 吧？不過，她 跟 那 位 空姐 怎麼 長 得
Yěxǔ shì ba? Búguò, tā gēn nà wèi kōngjiě zěnme zhǎng de
一模一樣 啊！
yìmúyíyàng a!

霍 Huò：
她 現在 抬起 頭 來 了。快 仔細 看看！
Tā xiànzài táiqi tóu lái le. Kuài zǐxì kànkan!

李 Lǐ：
哦，我 認錯 人 了！那 位 空姐 的 臉盤兒 比 她 更
Ò, wǒ rèncuò rén le! Nà wèi kōngjiě de liǎnpánr bǐ tā gèng
圓 一點兒，頭髮 也 更 長 一點兒，還 穿 雙
yuán yìdiǎnr, tóufa yě gèng cháng yìdiǎnr, hái chuān shuāng
高跟兒鞋。
gāogēnrxié.

Huò : Jì de zhème qīngchu , nǐ zhǔn shì xǐhuan shang nà wèi
霍 ： 記 得 這 麼 清 楚 ， 你 準 是 喜 歡 上 那 位

kōngjiě le .
空 姐 了 。

Lǐ : Bié zhème xiàohua wǒ le !
李 ： 別 這 麼 笑 話 我 了 ！

**講 解**

在本篇課文朗讀中，需注意以下詞語的讀音及用法：

"早上好""您早""早"是上午第一次見面時的問候語，同事和朋友間經常使用。但是"下午好""晚上好"一般很少使用，除非在一些較正式的場合，如，開會前、上課前、或者是對客人説話。熟人之間在任何時間使用"你好"就行了。

朗讀時要注意兩位説話人之間的對話口氣。如"快仔細看看"要讀得緊張和快些；"哦，我認錯人了。"要放鬆語氣，語速稍慢。仔細收聽錄音並加以模仿。

乙部 聆聽訓練*

## 一　詞語聆聽

### （一）詞語聽辨

說明

① 一邊聽錄音，一邊做練習。先不要馬上重複聆聽，因為第一遍的聆聽辨詞最能測驗你現有的聽力；

② 再次收聽錄音，儘量將第一遍聆聽時沒有聽清楚，或聽錯的地方聽懂，以修正答案；

③ 核對課文後的答案；重新聆聽答錯的詞語，並將該詞語練習讀出及加以記憶；

④ 朗讀員會將每一題的詞語連讀兩次。請根據錄音中的語音，在該題所列的 4 個詞語中選取朗讀員讀出的詞語，並在書中填上或在 CD-ROM 光盤中剔選所屬的英文字母。

---

\* 本書各單元 "聆聽訓練" 部份的錄音材料已按各單元順序灌錄於隨書配套的 CD-ROM 光盤上，部份錄音原文另收入 CD-ROM 光盤及書後附錄內。

聽錄音　　　詳細；詳細

選擇　　　　A. 強勢　　B. 嘗試　　C. 詳細　　D. 賞識

填/選答案　　答案：_C_（在 CD-ROM 光盤中，則用鼠標剔選答案。）

1. A. 懂事　　　B. 同事　　　C. 同時　　　D. 東西　　　答案：＿＿＿＿

2. A. 理貨　　　B. 來賀　　　C. 您好　　　D. 你好　　　答案：＿＿＿＿

3. A. 高個兒　　B. 高歌　　　C. 高跟兒　　D. 靠緊　　　答案：＿＿＿＿

4. A. 飲食　　　B. 人事　　　C. 認識　　　D. 欣喜　　　答案：＿＿＿＿

5. A. 推銷　　　B. 旅遊　　　C. 略有　　　D. 退休　　　答案：＿＿＿＿

6. A. 詩人　　　B. 私人　　　C. 斯文　　　D. 私隱　　　答案：＿＿＿＿

7. A. 大喜　　　B. 大使　　　C. 達士　　　D. 大師　　　答案：＿＿＿＿

8. A. 神往　　　B. 興旺　　　C. 聲望　　　D. 新聞　　　答案：＿＿＿＿

9. A. 辛苦　　　B. 信佛　　　C. 星河　　　D. 幸福　　　答案：＿＿＿＿

10. A. 捐款　　　B. 專款　　　C. 專管　　　D. 暫緩　　　答案：＿＿＿＿

## （二）詞語聽寫 🎧

### 説明

① 錄音中，每題讀出一個句子，每句讀兩遍。在第一遍之後將重複讀出句中一個詞語。

② 根據錄音，在書中將重複讀出的詞語寫出；或在 CD-ROM 中，用鼠標選擇答案。

例如：

| 聽錄音 | 他是我們公司的老客戶。客戶⋯⋯他是我們公司的老客戶。 |
| 填／選答案 | 答案：<u>客戶</u>（在 CD-ROM 光盤中，則用鼠標剔選答案。） |

11. _____　　16. _____

12. _____　　17. _____

13. _____　　18. _____

14. _____　　19. _____

15. _____　　20. _____

## （三）詞語聽選 🎧

**説 明**

① 聆聽每題錄音之前，先迅速看一下文字題目，了解句子大意。

② 收聽錄音內容，從朗讀員讀出的 4 個詞語中選取適當的詞語，並在書中寫出代表它的英文字母。（在 CD-ROM 中，請先試作答，或顯示答案選擇後剔選。）

例如：

| 看題目 | 我的 _____ 是説，這個方案不一定可行。 |
| 聽錄音 | A. 意思　B. 意識　C. 意義　D. 意志 |
| 填／選答案 | 答案：<u>A</u>（在 CD-ROM 光盤中，則用鼠標剔選答案。） |

21. 你們家平時誰 _____？　　　　答案：_____

22. 他說話時的那種 _____，真叫人受不了！　答案：_____

23. 那 _____ 才 12 歲，就長得比他爸爸還高了。　答案：_____

24. 做人要講 _____，說話算話。　　　　答案：_____

25. 你先睡吧，我看完報紙 _____ 睡。　　答案：_____

**講解**

　　注意有的詞語聽起來意思很接近，但放在特定的句子中就不恰當。如"烹飪"和"做飯"，"口氣"和"脾氣"。請仔細體味其間的不同，找出最恰當的一個。

## 二　短句聆聽 🎧

**説明**

① 收聽錄音，錄音中將有幾個對話短句。

② 根據錄音中的説話內容，選擇一個適當答案，並將代表這個答案的字母填寫在該題的答案線上。（在 CD-ROM 中，請先顯示題目，再選答案。）

例如：

> **聽錄音**　男：為花了點兒錢就大吵一通，又讓人家看了場好戲。
>
> 　　　　　問：説話人是甚麼意思？
>
> **選擇**　A. 不該演戲　B. 戲票太貴　C. 炒賣蝕本　D. 不該吵架
>
> **填 / 選答案**　答案：D（在 CD-ROM 光盤中，則用鼠標剔選答案。）

26. A. 不必擔心，他不會說

　　B. 找他做事可以放心

C. 他跟我從來沒說過話

D. 我跟他是非常好的朋友 　　答案：＿＿＿＿

27. A. 希望對方帶太太一起來

B. 希望對方的太太自己來

C. 關心對方的太太

D. 很關心對方和他太太的關係 　　答案：＿＿＿＿

28. A. 對來者表示不歡迎

B. 幸虧外面颳起了風

C. 對來者的到訪感到意外

D. 今天颱風，不想請客 　　答案：＿＿＿＿

29. A. 他是個沒有缺點的人

B. 他不應該學會了抽煙

C. 他覺得不該戒煙

D. 他認為自己的毛病不少 　　答案：＿＿＿＿

30. A. 女的不認識李經理

B. 女的埋怨男的不搭理她

C. 男的不認識女的

D. 女的埋怨男的不記得她 　　答案：＿＿＿＿

### 講 解

　　注意在對話時，句子的含意往往不是其表面的意思。要留心其"言外之意"。如最後一句"你就認識李經理！"當然別有其意，不可僅從字面去理解。

## 三　對話聆聽 🎧

**説明**

① 先快速看一遍題目，了解大意。

② 收聽錄音，並可邊聽邊做簡要記錄。

③ 在題目所列的 4 個答案中選出最恰當的一個，並將代表這個答案的字母寫在答案線上。有時可能有多個答案都是"可以"的，但根據錄音中的內容，要選一個"最恰當"的。

31. 打電話的人要找誰？

A. 吳先生

B. 胡先生

C. 吳小姐

D. 胡小姐　　　　　　　　　　　　　　　　答案：＿＿＿＿

32. 接電話的女人可能是誰？

A. 被找者的太太

B. 公司的負責人

C. 公司的秘書

D. 胡小姐　　　　　　　　　　　　　　　　答案：＿＿＿＿

33. 被找的人為甚麼不能接聽電話？

A. 公司根本沒有這個人

B. 這個人不在香港

C. 電話打錯了

D. 這個人不在廣州　　　　　　　　　　　　答案：＿＿＿＿

34. 為甚麼女的說"您打錯電話了吧"？

　　A. 沒有吳先生

　　B. 公司有兩位姓吳的人

　　C. 電話號碼變了

　　D. 姓吳的不是公司的主管　　　　　答案：＿＿＿＿＿

35. 對於胡主任來說，以下哪一個說法對話中沒有提到？

　　A. 四十多歲

　　B. 戴眼鏡

　　C. 去廣州出差了

　　D. 正在放假　　　　　　　　　　　答案：＿＿＿＿＿

## 四　短文聆聽

### 説 明

　① 快速看一下題目中的問題，以了解短文所可能涉及的內容。

　② 認真收聽錄音一遍，同時做出必要的、簡明的記錄。

　③ 回答問題。由於供選擇的答案都是容易混淆的，其中只有一個是適當的，所以要看完 4 個選擇之後，再作出判斷。

36. "一時差點回不過神兒來"是甚麼意思？

　　A. 女郎愛上了男的

　　B. 男的被女郎迷住了

　　C. 男的覺得頭暈

　　D. 女郎使用了迷藥　　　　　　　　答案：＿＿＿＿＿

37. 女郎為甚麼緊挨着男的坐下？

    A. 車廂太擠

    B. 只有一個空位

    C. 方便說話

    D. 方便掏包                答案：＿＿＿＿

38. 下面哪件事在這段錄音中沒有提到？

    A. 女的很美麗

    B. 女的沒結婚

    C. 女的很有禮貌

    D. 女的很大方             答案：＿＿＿＿

39. 關於男的，下面哪種說法是正確的？

    A. 他喝醉了

    B. 他賺了錢

    C. 他丟了錢

    D. 他提前下車了           答案：＿＿＿＿

40. 男的妻子為甚麼大喝一聲

    A. 她發現丈夫不聰明

    B. 她發現丈夫丟了東西

    C. 她發現丈夫另有所愛

    D. 她發現丈夫生病嚴重      答案：＿＿＿＿

丙 部 説話訓練

## 説明

　　説話訓練部份共有 3 項內容。第一是"對話練習"；第二是"短講練習"；第三是"會話練習"。

　　這三種練習的方法都不同，請閱讀每種練習前面的"説明"。

## 一　對話練習

## 説明

　　本練習要求你將一段對話補充完整。

① 下面已有對話中的甲方説話內容，現假設你（乙方）正與甲方對話。請先閱讀甲方説話的文字內容，以了解甲方想表達的意思，並用一兩分鐘考慮一下，你應當如何與甲方説話。

② 打開 CD-ROM 光盤，每聽完錄音中甲方的一句話，跟着就説出一句你認為應當回應的話。注意：不要停止聆聽錄音和回應對話，要跟隨甲方的速度，將此篇對話完成。你的話要與對方的話互相呼應，內容相連。

③ 作為乙方的你，在與甲方"對話"時，所使用的句子，在字數方面也要與甲方大致相當。例如，甲方說出一句約 10 個字的話，你的對話也應在 7~12 個字之間為宜。

④ 只要符合上面的要求，你可以儘可能多地使用不同的對話（通常至少應當想出 3 種不同的對話）。以下僅提供一種可能的對話，供你參考：

---

甲：你怎麼還不去吃午飯？

乙：

甲：再忙也得吃飯啊！人是鐵，飯是鋼嘛！

乙：


你可以這樣回答：

甲：你怎麼還不去吃午飯？

乙：這麼多的事還沒做完呢！

　　（或：瞧！這麼多工作，哪有時間吃飯哪！）

甲：再忙也要吃飯啊！人是鐵，飯是鋼嘛！

乙：工作要緊，等我做完這件事就去吃。

　　（或：一頓不吃沒關係，我已經習慣了。）

---

請完成下面的對話練習：　🎧

　　（甲手持一張相片兒對乙說……）

甲：小王，我來介紹一下，這位是……

乙：

甲：真的？你們以前很熟悉嗎？

乙：

甲：這我就不明白了。熟就熟，不熟就不熟嘛。

乙：

甲：原來如此！你們談過戀愛？

乙：

甲：如果是這樣，那算甚麼對象！

## 二　短講練習

### 説 明

① 這個練習要求你按照已有的題目，完成一段短講。

② 準備 5 分鐘，可以寫出一個簡要的提綱，但不可寫成短文照讀。

③ 要求語音準確、語速適中、用詞正確、語意順暢。

④ 短講完成後，閱讀本書 "附錄三" 或 CD-ROM 內本單元的 "短講示範" 及聆聽示範錄音，並請與自己的短講加以對比。

請根據下列題目做約一分鐘的短講（大約 250 字）。

題目：向別人介紹你的一位朋友

### 提 示

這個題目的範圍是較寬的。你可以選取任何一位你所熟悉的人來介紹。介紹的內容可以包括姓名、相貌、性格、愛好等等，但不要忘了介紹你與這位朋友的關係，並應舉例。"附錄三"的"短講示範"僅是一個供參考的例子。請注意，以下是"短講示範"所介紹人物的特徵：

1. 外貌：説話不多，嗓門兒大。
2. 性格：大大咧咧，腼腆，怕見女孩子。
3. 愛好：收集手錶。

## 講解

説話時要注意口氣和風格，帶有明顯的口語性。假設你所面對的是某種類型的對象，例如，老同學、父母、小朋友、親戚、老師、學生，或者一位陌生人，你應採用不同的口吻及話語介紹。

在"短講示範"中有一句"硬是沒敢去"——"硬"，副詞，表示"堅定"。此句為"到底還是沒敢去"之意。

# 三　會話練習

## 説明

首先認真看一看題目，以及相應的提示；然後，自我設定一個情境和兩位以上的會話者；再根據會話者的身份和口吻設計一段對話。會話總共不得少於 12 句，應在 250 字左右。要注意使用口語，同時也要有合乎邏輯的談話內容。

題目：生日會

要求：介紹參加生日會的朋友。

## 提示

　　這個說話題目的情境是生日聚會中的對話。可以想像,在聚會中將遇到很多新朋舊友。對話可以發生在主人與客人之間,也可以發生在客人與客人之間。

## 講解

　　會話是一種無文字憑藉的說話活動。與個人短講不同之處在於,這種說話應發生於兩人或多人之間。所以,本練習實際上是聆聽與說話的綜合性訓練。

　　對話的要點在於要能"對"得上,即話語之間應有較緊密的關連。為體現對話的口語特性,可使用"真的""可不是嗎""不行"等短語做為對話間的銜接,以及較多問答句等。

　　本書附錄三或 CD-ROM 光盤內所提供的"會話示範"僅供參考,實際的對話可能會是多種多樣的。範文中的語句可供學習之用。

　　請在閱讀本書附錄三或 CD-ROM 光盤內有關本單元的"會話示範"之前,先聆聽該文的示範錄音,然後跟着示範練習說話。

# 單元二 ●
## 您住哪兒？
## （環境）

訓練目標：

■能以"環境"和"住所"為基本話題進行聽
說活動

■聽懂對生活和工作環境的介紹以及說話人對
環境的意見

■能用正確的語音、恰當的詞語描述環境及表
示對環境的意見

甲部 朗讀訓練

**講解**

朗讀訓練是聽說訓練的準備階段。朗讀時，要特別注意以下基本技巧，即：

① 讀音要正確

② 停頓要恰當

③ 輕重要適宜

④ 語調要流暢

這幾項基本技巧，需在朗讀訓練中不斷提高。此外，朗讀時還要注意運用感情色彩並有相應的口吻。

## 一 詞語朗讀

| shòu | nàr | nǎr | nàbiānr | dìtiězhàn | bàn bèizi | lǎopo | zháojí |
|------|-----|-----|---------|-----------|-----------|-------|--------|
| 售 | 那兒 | 哪兒 | 那邊兒 | 地鐵站 | 半輩子 | 老婆 | 着急 |

| rénjia | jīngjì | Dōngchōng | Yuánlǎng | shìqū | làngfèi | shíjiān | gǎnjǐn |
|--------|--------|-----------|----------|-------|---------|---------|--------|
| 人家 | 經紀 | 東涌 | 元朗 | 市區 | 浪費 | 時間 | 趕緊 |

朗讀詞語時，需注意分辨輕聲詞和兒化詞，例如：

朋友、老婆、人家，是輕聲詞。

哪兒、那邊兒、那兒，是兒化詞。

## 二 課文朗讀

佩儀： Hēi！Zěnme mángchéng zhèyang？Lián lǎo péngyou dōu kàn bù
嘿！怎麼 忙成 這樣？連 老 朋友 都 看 不

zháo le！
着 了！

成浩： Ò，shì nǐ ya. Bié tí le，wǒ lǎopo zài dìtiězhàn
哦，是 你 呀。別 提 了，我 老婆 在 地鐵站

děngzhe wǒ ne！
等着 我 呢！

佩儀： Dōu bàn bèizi fūqī le，jiàn lǎopo hái yòngdezháo zhème jí
都 半 輩子 夫妻 了，見 老婆 還 用得着 這麼 急

ya？
呀？

成浩： Bú shì zháojí jiàn tā，ér shì zháojí zuò rénjia de chē.
不 是 着急 見 她，而 是 着急 坐 人家 的 車。

佩儀： Wǒ yuè tīng yuè hútú le，nǐ bú shì yào zuò dìtiě ma？
我 越 聽 越 糊塗 了，你 不 是 要 坐 地鐵 嗎？

成浩： Ài！Bú shì. Dìchǎn jīngjìrén kāi chē děng zài nàr，yào
唉！不 是。地產 經紀人 開 車 等 在 那兒，要

dài wǒmen qù kàn lóu.
帶 我們 去 看 樓。

佩儀： Kàn lóu? Nǎr de lóu? Wǒ yě shùnbiàn qù kànkan,
看 樓？哪兒 的 樓？我 也 順便 去 看看，

zěnmeyàng?
怎麼樣？

成浩： Nǎr de lóu nǐ dōu kàn? Wǒmen kěshì qù Dōngchōng a
哪兒 的 樓 你 都 看？我們 可是 去 東涌 啊！

佩儀： Qù Dōngchōng hái yòng dā rénjia de chē? Zuò dìtiě bú jiù
去 東涌 還 用 搭 人家 的 車？坐 地鐵 不 就

déle?
得了？

成浩： Kànwán Dōngchōng de xiànlóu, hái yào shàng Yuánlǎng qù kàn
看完 東涌 的 現樓，還要 上 元朗 去 看

lóuhuā.
樓花。

佩儀： Nà wǒ jiù bú qù le. Wǒ zhǐ xiǎng zhù zài shìqū. Nàbiānr
那 我 就 不 去 了。我 只 想 住 在 市區。那邊兒

tài yuǎn le.
太 遠 了。

成浩： Yuǎn shì yuǎn, kěshì nàbiānr bú xiàng shìqū yǒu zhème duō
遠 是 遠，可是 那邊兒 不 像 市區 有 這麼 多

rén, jǐ de yàomìng!
人，擠 得 要命！

佩儀： Kěshì, shàng-xiàbān yào huā shang yí gè duō zhōngtóu,
可是，上下班 要 花 上 一 個 多 鐘頭，

shíjiān jiùshì jīnqián na!
時間 就是 金錢 哪！

成浩： Āiya, shíjiān zhēn de tài bǎoguì le. Wǒ děi gǎnjǐn zǒu!
哎呀，時間 真 的 太 寶貴 了。我 得 趕緊 走！

Zàijiàn!
再見！

## 講 解

朗讀課文時，請特別注意以下詞語在句中的意思或讀音：

別提了：意思是"一言難盡"，説起來讓人心煩。

要命：表示程度嚴重到極點了。

趕緊：意為"趕快""抓緊時間做"。

得：表示應該、必須、願望時，讀 děi；"得"表示獲得、取得等意思時，讀 de。

哪：要讀上聲；"那"，要讀去聲。

看不着："着"字作為動詞"看"的結果補語，讀 zháo，如"我找着那本書了"。"着"在做結構助詞時，一般讀輕聲 zhe，如"他在等着我呢"。

看樓：在普通話中一般説"看房子"。

注意讀最後一句的語氣，帶有開玩笑的口吻。

## 一　詞語聆聽

（一）詞語聽辨

### 説 明

① 一邊聽錄音，一邊做練習。先不要馬上重複聆聽，因為第一遍的聆聽辨詞最能測驗你現有的聽力。

② 再次收聽錄音，儘量將第一遍聆聽時沒有聽清楚，或聽錯的地方聽懂，以修正答案。

③ 核對課文後的答案；重新聆聽答錯的詞語，並將該詞語練習讀出及加以記憶。

④ 朗讀員會將每一題的詞語連讀兩次。請根據錄音中的語音，在該題所列的 4 個詞語中選取朗讀員讀出的詞語，並在書中填上或在 CD-ROM 光盤中剔選所屬的英文字母。

例如：

1. A. 廚房　　　B. 書房　　　C. 儲藏　　　D. 收藏　　　答案：_____

2. A. 污染　　　B. 屋簷　　　C. 突然　　　D. 不遠　　　答案：_____

3. A. 去哪兒　　B. 去拿　　　C. 出納　　　D. 住哪兒　　答案：_____

4. A. 寬廣　　　B. 寬敞　　　C. 返港　　　D. 觀賞　　　答案：_____

5. A. 衛星　　　B. 味精　　　C. 外星　　　D. 衛生　　　答案：_____

6. A. 大小　　　B. 大嫂　　　C. 代銷　　　D. 大修　　　答案：_____

7. A. 兄弟　　　B. 擁擠　　　C. 允許　　　D. 運抵　　　答案：_____

8. A. 襃揚　　　B. 飄揚　　　C. 漂亮　　　D. 商量　　　答案：_____

9. A. 介紹　　　B. 接頭　　　C. 知道　　　D. 街道　　　答案：_____

10. A. 西褲　　　B. 師傅　　　C. 舒服　　　D. 西服　　　答案：_____

## 講解

　　注意，供選擇的詞語，讀音均較相近，容易混淆。其中，有的是普通話的讀音相近，如："廚房 chúfáng" 和 "書房 shūfáng"；有的是在廣州話中讀音相近，如："大小 dàxiǎo" 和 "大修 dàxiū"。所以要認真聽辨其中聲、韻、調之不同。

## （二）詞語聽寫 🎧

### 説明

① 錄音中，每題讀出一個句子，每句讀兩遍。在第一遍之後將
重複讀出句中一個詞語。

② 根據錄音，在書中將重複讀出的詞語寫出；或在 CD-ROM
中，用鼠標選擇答案。

> 例如：
>
> **聽錄音**　他是我們公司的老客戶。客戶……他是我們公司的老客戶。
>
> **填／選答案**　答案：<u>客戶</u>（在 CD-ROM 光盤中，則用鼠標剔選答案。）

11. _____　16. _____

12. _____　17. _____

13. _____　18. _____

14. _____　19. _____

15. _____　20. _____

### 講解

　　本題出現的詞語很多是普通話口語中的常用詞語，而與廣州話
中相應詞語是不相同的。其中，有的詞語更是廣州話中沒有或很少
使用的。例如：

菜市：廣州話“街市”。

嫌遠：“嫌”此處義為“嫌棄”。

髒勁兒：口語詞，意為廣州話“污濁”。

打盹兒：小睡，或斷斷續續地入睡。

堵車：廣州話"塞車"。

託兒所：在普通話中，通常是指照看 3 歲以下、未能進幼兒園的嬰兒的地方。

## （三）詞語聽選 🎧

**説 明**

① 聆聽每題錄音之前，先迅速看一下文字題目，了解句子大意。

② 收聽錄音內容，從朗讀員讀出的 4 個詞語中選取適當的詞語，並寫出代表它的英文字母。（在 CD-ROM 中，請先試作答，或顯示答案選擇後剔選。）

例如：

> **看題目** 　　我的 _____ 是說，這個方案不一定可行。
>
> **聽錄音** 　　A. 意思　B. 意識　C. 意義　D. 意志
>
> **填／選答案** 　答案：_A_（在 CD-ROM 光盤中，則用鼠標剔選答案。）

21. 這個公園倒是蠻 _____。　　　　答案：_____

22. 周末別上街了，人多太 _____。　　答案：_____

23. 我最討厭有人在吃飯的時候 _____。　答案：_____

24. 這個窗戶很大，屋裡很 _____。　　答案：_____

25. 你甚麼時候買的 _____？我怎麼不知道？　答案：_____

## 講 解

　　這裡所出現的詞語都是意義很接近的，你要根據句子的意思選取最恰當的一個，注意習慣性用語。如，"蠻"雖然是"很"的意思，常與"好""不錯"等搭配，但卻不常與"壞""不好"搭配。

　　選詞時注意避免廣州話習慣的影響。如"光猛"是廣州話用詞，普通話從不這樣使用。

## 二　短句聆聽 🎧

### 説 明

① 收聽錄音，錄音中將有幾個短句。

② 根據錄音中的説話內容，選擇一個適當答案，並將代表這個答案的字母填寫在該題的答案線上。（在 CD-ROM 中，請先顯示題目，再選答案。）

例如：

| 聽錄音 | 男：為花了點兒錢就大吵一通，又讓人家看了場好戲。 |
| --- | --- |
| | 問：説話人是甚麼意思？ |
| 選擇 | A.不該演戲　B.戲票太貴　C.炒賣蝕本　D.不該吵架 |
| 填/選答案 | 答案：D（在 CD-ROM 光盤中，則用鼠標剔選答案。） |

26. A. 非常喜歡這裡的環境

　　B. 喜歡窗戶臨街

　　C. 不喜歡窗戶臨街

D. 根本不喜歡這所房子　　　　　　答案：＿＿＿＿

27. A. 不想搬走

　　B. 討厭這裡的鄰居

　　C. 嫌棄這裡太吵

　　D. 想快些離開這裡　　　　　　答案：＿＿＿＿

28. A. 不喜歡女的手腳太大

　　B. 買房子的錢還不夠

　　C. 抱怨女的不節儉

　　D. 抱怨女的沒本事　　　　　　答案：＿＿＿＿

29. A. 抱怨電視機太大

　　B. 抱怨電視機的聲音太吵

　　C. 心臟不舒服

　　D. 要求關閉電視機　　　　　　答案：＿＿＿＿

30. A. 對房間的佈置沒有意見

　　B. 不滿意房間的佈置

　　C. 對房間的佈置很滿意

　　D. 不想評論房間的佈置　　　　答案：＿＿＿＿

講解

　　這些短句或對話都有言外之意，不能僅從字面上去理解，要體會到這些言外之意才算聽懂了說話人真正要表達的意思。

三 對話聆聽 🎧

説明

① 先快速看一遍題目，了解題目大意；

② 收聽錄音；

③ 回答題目中的問題。注意對話的錄音較長，因此可以邊聽邊做簡要記錄。

31. 男的喜不喜歡沙田？為甚麼？

A. 喜歡，因為環境好。

B. 不喜歡，因為環境不好。

C. 喜歡，因為太太喜歡。

D. 不喜歡，因為上班太麻煩。　　　　　　答案：＿＿＿＿

32. 關於男的太太，下列哪一種說法是正確的？

A. 她是個經常生病的人。

B. 她是個愛清靜的人。

C. 她是個懶惰的人。

D. 她是個呆在家裡不上班的人。　　　　答案：＿＿＿＿

33. 關於男的，下列哪一種說法最有可能是錯的？

A. 他以前住在銅鑼灣

B. 他在港島上班

C. 他不關心他的太太

D. 他的太太不關心他　　　　　　　　答案：＿＿＿＿

34. 男的每天要通過下列哪種步驟才能到達辦公室?

　　A. 地鐵、火車、汽車、步行

　　B. 火車、地鐵、汽車、步行

　　C. 步行、汽車、火車、地鐵

　　D. 汽車、火車、地鐵、步行　　　　　　　答案:＿＿＿＿＿

35. 對話中的男女可能是甚麼關係?

　　A. 夫妻

　　B. 兄妹

　　C. 新交的朋友

　　D. 很熟悉的朋友　　　　　　　　　　　　答案:＿＿＿＿＿

**講 解**

　　這段對話較長,注意練習做簡要記錄,特別是要記下那些細節,如時間、地點、數字等。

　　"倒"是個多音字。"倒火車"dǎo huǒchē,這裡的"倒"字要讀上聲,意為"換乘火車";"她倒近了""那倒也是",這裡的"倒"dào 讀去聲,義為"反而"。

　　儘一頭兒:"儘"義為"讓……先",先讓一方面得利。儘,讀為 jǐn,上聲。

　　"老公"一詞原是廣東話,意為普通話的"丈夫",但現在也在北方地區流行。

## 四　短文聆聽 🎧

説明

①快速看一下題目中的問題，以了解短文所可能涉及的內容。

②認真收聽錄音一遍，同時做出必要的、簡明的記錄。

③回答問題。由於供選擇的答案都是容易混淆的，其中只有一個是正確的，所以要看完 4 個選擇之後，再作出判斷。

36. 這段新聞是關於甚麼的？

A. 腸病毒導致的傳染病問題

B. 垃圾場改建的規定問題

C. 垃圾導致的公共衛生問題

D. 垃圾導致的醫療技術問題　　　　　　　　答案：＿＿＿＿＿

37. 導致垃圾堆積如山的主要原因是甚麼？

A. 舊有垃圾場被關閉

B. 舊有垃圾場不夠用

C. 學校門前不許堆放垃圾

D. 新垃圾場不夠用　　　　　　　　　　　　答案：＿＿＿＿＿

38. 垃圾問題最為嚴重的是

A. 新建垃圾場地區

B. 中河市和楊家鎮

C. 沙河鎮和梨南鄉

D. 多個城縣市和鄉鎮　　　　　　　　　　　答案：＿＿＿＿＿

39. 垃圾問題如果不能儘快解決會導致甚麼嚴重後果？

    A. 傳染病流行

    B. 居民不滿

    C. 學校不能上課

    D. 臭氣熏天　　　　　　　　　　答案：＿＿＿＿＿

40. 昨天是甚麼部門的人對此發表了講話？

    A. 學校的代表

    B. 楊家鎮的代表

    C. 衛生檢疫所的代表

    D. 醫生的代表　　　　　　　　　答案：＿＿＿＿＿

**講解**

    首先要聽明白這段短文的主要內容，同時也要留意其中的細節。

    垃圾：音 lājī，與廣州話的讀音不同。

    注意這是一段新聞報道，所以較多使用了書面語的詞句及語氣。

丙 部 說話訓練

**説明**

　　說話訓練部份共有 3 項內容。第一是"對話練習"；第二是"短講練習"；第三是"會話練習"。

　　這三種練習的方法都不同，請閱讀每種練習前面的"說明"。

### 一　對話練習

**説明**

本練習要求你將一段對話補充完整。

① 下面已有對話中的甲方説話內容，現假設你（乙方）正與甲方對話。請先閱讀甲方説話的文字內容，以了解甲方想表達的意思，並用一兩分鐘考慮一下，你應當如何與甲方説話。

② 打開 CD-ROM 光盤，每聽完錄音中甲方的一句話，跟着就説出一句你認為應當回應的話。注意：不要停止聆聽錄音和回應對話，要跟隨甲方的速度，將此篇對話完成。你的話要與對方的話互相呼應，內容相連。

③ 作為乙方的你，在與甲方"對話"時，所使用的句子，在字數方面也要與甲方大致相當。例如，甲方說出一句約 10 個字的話，你的對話也應在 7～12 個字之間為宜。

④ 只要符合上面的要求，你可以儘可能多地使用不同的對話（通常至少應當想出 3 種不同的對話）。但是，在答案中僅提供一種可能的對話，供你參考。例如：

---

甲：你怎麼還不去吃午飯？

乙：

甲：再忙也得吃飯啊！人是鐵，飯是鋼嘛！

乙：


你可以這樣回答：

甲：你怎麼還不去吃午飯？

乙：這麼多的事還沒做完呢！

　　（或：瞧！這麼多工作，哪有時間吃飯哪！）

甲：再忙也要吃飯啊！人是鐵，飯是鋼嘛！

乙：工作要緊，等我做完這件事就去吃。

　　（或：一頓不吃沒關係，我已經習慣了。）

---

請完成下面的對話練習：

甲：你打算甚麼時候搬家啊？

乙：

甲：真的？這麼快！住新界感覺怎麼樣？

乙：

甲：是啊！雖然上班遠點兒，但是住着舒服。

乙：

甲：我？我搬不了。

乙：

甲：唉，你不知道，我媽說那兒風水好，不搬！

乙：

甲：誰說不是呢！

## 講解

請注意以下詞語在普通話中的用法：

"誰說不是呢！"表示贊同對方的意見。

普通話"搬家"，不說"搬屋"。

## 二　短講練習

## 説明

① 這個練習要求你按照已有的題目，完成一段短講。

② 先閱讀內容提示；根據對話中提供的信息，做約 1～2 分鐘的短講（300 字左右）。

③ 短講時不一定包括對話中的全部內容，也可以增加一些對話中沒有的新內容，但要與題目有關。

④ 在短講前可以寫一個簡要的提綱，但不可寫成短文照讀。

⑤ 説話時要注意語音準確、語速適中、用詞正確、語意順暢。

題目：萍萍家的別墅

請先參看以下一段 "參考對話"，再根據提示做短講。（"短講示範" 範文收於書末 "附錄三" 和 CD-ROM 內本單元，聆聽 CD-ROM 光盤本單元乙部的 "短講示範"，以對比自己的短講表現。）

**參考對話**

小志：上星期六，你怎麼沒去參加萍萍的生日會？

小嫦：我去機場迎姑媽了。你們都去萍萍家了？

小志：是啊！咱們中學時的同學差不多都去了。

小嫦：那麼多人，她家能裝得下嗎？

小志：她家有很大的院兒呢！我們在院子裡燒烤，一直玩兒到晚上九點多鐘。

小嫦：萍萍家有那麼大的房子！

小志：是啊！是元朗那邊別墅式的房子。每家一個庭院，一座二層小樓，院子裡還有不少花草樹木，真有點歐美式住宅的味道。

小嫦：那多舒服啊！我們住在大樓裡，每家門口都是大欄杆鐵閘，活像是個鳥籠子。一點多餘的空間都沒有。

小志：萍萍家的院子是好，可她自己的房間就不怎麼樣了。

小嫦：怎麼？太小？

小志：不是太小，而是太亂！

## 提 示

介紹萍萍家的別墅,可以先從到萍萍家的原因(萍萍過生日)、時間(上周末)開始談起,然後介紹別墅的地點(元朗)及特點。特點包括院子大、二層樓房;也包括萍萍房間的混亂及與高樓大廈作比較,等等。

講話內容的順序,也可以變成:先講房子的地點,然後講到房子的特點,再講去那裡的原因及時間,等等。

這篇講話的主要目的是要介紹萍萍家的房子,所以,房子的地點及特點是主要內容。至於去萍萍家的原因、時間等,並非主要內容,甚或可以不講。

## 講 解

請注意以下詞語在普通話中的用法:

廣州話的"屋",在普通話裡通常說"房";而廣州話的"房"在大多數情況下卻是指普通話的"屋"。所以,不要把萍萍的"屋子"說成萍萍的"房子"。

單元房:就是廣州話所謂大廈裡的"單位"。普通話的"單位"不指住房,而是指工作的"機構"。如"你是哪個單位的?"意為"你在哪裡工作?你是哪家公司的?"。

燒烤:這在普通話中本是個名詞,指經燒烤而成的食品。但在廣州話中是指一種"燒烤"的活動。

# 三 會話練習

這個練習是要求你設計一個特定情境中的會話，並由自己扮演會話雙方以完成本項練習。

① 請先看下面的圖畫與圖畫後面的"情境提示"，然後設計一段對話。

② 對話總共不得少於 10 句。

③ 完成自我對話後，再閱讀本書"附錄三"或 CD-ROM 內本單元的"會話示範"及聆聽範文錄音。

題目：公屋設施

## 情境提示

思齊和培光是同學，他們在談論自己家附近的情況。思齊住在 "穗利公共屋邨"，附近有游泳池、網球場等公共設施。

培光家住在老區，沒有這些遊樂設施，但離菜市場很近，買菜方便。

## 講解

請注意在本書 "附錄三" 或 CD-ROM 內本單元的 "會話示範" 中出現的以下詞語在普通話中的用法：

"我媽" "你爸" 等説法，是年輕人常見的口語説法。

普通話説 "游泳"，不説成 "游水"。"游水" 有其他含意。

普通話説 "菜市場" 或 "菜市"，不説 "街市"。"街市" 有其他含意。

"我媽就嫌我們那兒買菜不方便" 中的 "嫌"，意思是 "不滿意"。

# 單元三 ●

## 南腔北調
## （語言）

訓練目標：

■能以"語言"為基本話題進行聽說活動

■聽懂有關語言問題的討論或介紹

■能用正確的語音、恰當的詞語講述與語言有

　關的經歷或意見

甲 部 朗讀訓練

**講 解**

① 朗讀可分為兩個練習階段，初級階段和高級階段。在初級階段中，你應儘可能體會和模仿錄音；在高級階段中，你可以擺脫錄音，由自己靈活處理語調。

② 語音方面，要注意四項基本要素，即字音、停頓、輕重、語調。為使朗讀效果接近錄音，建議你在認真反復收聽錄音的同時，用自己熟悉的符號將錄音內容中的停頓、輕重和語調等各項做出標記，以便於自己模仿。

③ 至於字音一項，則須經常查閱字典，確定讀音，同時要注意該讀音在連讀時可能發生的變化。

④ 朗讀符號沒有固定的一套，你可以採用自己熟悉或方便的符號作標示。以下的符號僅供參考使用：

| | | | |
|---|---|---|---|
| /// | 表示較長時間的停頓 | // | 表示不太長時間的停頓 |
| / | 表示較短時間之停頓 | ◆ | 表示特別的重讀音節 |
| ▲ | 表示一般性的重讀音節 | △ | 表示較次的重讀音節 |
| ◦ | 表示輕讀音節 | · | 表示次輕的音節 |

| — | 表示該音節語速應慢 | 〜〜 | 表示語速更慢 |
|---|---|---|---|
| ↘ | 表示降調 | ↗ | 表示升調 |
| → | 表示平調 | | |

## 一　詞語朗讀

| niǎor | liànxí | shēngmǔ | jǐ ge | shéjiān | xiàchuí | hǎoxiàng | jué |
|---|---|---|---|---|---|---|---|
| 鳥兒 | 練習 | 聲母 | 幾個 | 舌尖 | 下垂 | 好像 | 覺 |

| shǐhuan | yǔqì | mófǎng | hòu diánr | hùnxiáo |
|---|---|---|---|---|
| 使喚 | 語氣 | 模仿 | 厚點兒 | 混淆 |

**講 解**

"鳥兒""勁兒""厚點兒"，要讀兒化韻。

舌尖："舌 shé"發音不同於"石 shí"。

## 二　課文朗讀

Lín : 　　Nǐ zuǐ li　jīji-zhāzhā　zài niàndao shènme , xiàng xué niǎor jiào

林：　　你嘴裡 唧唧喳喳 在 唸叨 甚麼，像 學 鳥兒 叫

　　shìde ?
　　似的？

Wú : 　　Wǒ zài liànxí Hànyǔ Pīnyīn de shēngmǔ j , q , x .

吳：　　我在 練習 漢語 拼音 的 聲母 j，q，x。

Lín : 　　Zhè jǐ ge yīn shì bǐjiào nán xué , wǒ yě niàn bù hǎo .

林：　　這 幾個 音 是 比較 難學，我 也 唸 不 好。

Wú : 　　Shì ya ! Wǒ liàn le bàntiān , yě nábùzhǔn .

吳：　　是 呀！我 練 了 半天，也 拿不準。

Lín：
林：Shū shang shuō，fā yīn shí yào shéjiān xiàchuí，shémiàn qiánbù
書上說，發音時要舌尖下垂，舌面前部

tūqǐ.
凸起。

Wú：
吳：Shuō qilai róngyì，zuò qilai nán，shétou jiù shì bù tīng
說起來容易，做起來難，舌頭就是不聽

shǐhuan.
使喚。

Lín：
林：Qíshí，wǒ juéde xué Pǔtōnghuà zuì zhòngyào de shì shēngdiào.
其實，我覺得學普通話最重要的是聲調。

Wú：
吳：Wǒ shēngdiào hái xíng，búguò，yī shēng hé sì shēng yǒushí hái
我聲調還行，不過，一聲和四聲有時還

shì hùnxiáo.
是混淆。

Lín：
林：Hái yǒu zuì zhòngyào de yìdiǎn，nǐ cāi shì shènme？
還有最重要的一點，你猜是甚麼？

Wú：
吳：Shì shènme？Nǐ de jīngyàn duō，kuài shuōshuo kàn！
是甚麼？你的經驗多，快說說看！

Lín：
林：Liǎnpí hòu diǎnr！Shuō cuò le，yě bú pà rén xiào.
臉皮厚點兒！說錯了，也不怕人笑。

Wú：
吳：Ò！Guàibùde wǒ de Pǔtōnghuà bù hǎo，dàgài shì liǎnpí tài
哦！怪不得我的普通話不好，大概是臉皮太

báo le.
薄了。

---

**講解**

"舌頭就是不聽使喚"中的"就是"要重讀，表示強調。

怪不得：表示明白了原因對某事就不覺得奇怪。不説"怪不之得"。

説説看：其中的“説説”，單音節動詞重疊，通常後一音節要讀輕聲，如“走走”“看看”。

　　笑話：是輕聲詞，動詞，意為恥笑；如兒化了，即為名詞，意為使人發笑的故事。

　　“臉皮太薄了”中的“薄”字，要讀 báo，與“厚”的意思相反。“薄”為多音字，又讀 bó, bò。

乙部 聆聽訓練

## 一 詞語聆聽

### （一）詞語聽辨

**說明**

①一邊聽錄音，一邊做練習。聽辨完每一題後，先不要馬上重複聆聽，而是按次序逐題邊聽邊認，因為第一遍的聆聽辨詞最能測驗你現有的聽力；

②再次收聽錄音，儘量將第一遍聆聽時沒有聽清楚，或聽錯的地方聽懂，以修正答案；

③核對課文後的答案，重新聆聽答錯的詞語，並將該詞語練習讀出及加以記憶；

④朗讀員會將每一題的詞語連讀兩次。請根據錄音中的語音，在該題所列的 4 個詞語中選取朗讀員讀出的詞語，並在書中填上或在 CD-ROM 光盤中剔選所屬的英文字母。

1. A.練習　　B.憐惜　　C.涼蓆　　D.聯繫　　答案：＿＿＿

2. A.永久　　B.營救　　C.認購　　D.飲酒　　答案：＿＿＿

3. A.磨坊　　B.模仿　　C.魔方　　D.模範　　答案：＿＿＿

4. A.金桔　　B.根據　　C.跟住　　D.緊接　　答案：＿＿＿

5. A.平舌　　B.平石　　C.平行　　D.平息　　答案：＿＿＿

6. A.輕鬆　　B.輕聲　　C.惺忪　　D.星空　　答案：＿＿＿

7. A.南河　　B.藍雪　　C.難學　　D.難和　　答案：＿＿＿

8. A.曲調　　B.語調　　C.雪條　　D.雨道　　答案：＿＿＿

9. A.十點　　B.西點　　C.思念　　D.四點　　答案：＿＿＿

10. A.蝦餃　　B.洽購　　C.卡口　　D.恰巧　　答案：＿＿＿

## （二）詞語聽寫 🎧

說明

① 錄音中，每題讀出一個句子，每句讀兩遍。在第一遍之後將重複讀出句中一個詞語；

② 根據錄音，在書中將重複讀出的詞語寫出；或在 CD-ROM中，用鼠標選擇答案。

例如：

> 聽錄音　　他是我們公司的老客戶。客戶……他是我們公司的老客戶。
>
> 填／選答案　答案：<u>客戶</u>（在 CD-ROM 光盤中，則用鼠標剔選答案。）

| | |
|---|---|
| 11. ＿＿＿＿＿＿＿＿＿＿ | 16. ＿＿＿＿＿＿＿＿＿＿ |
| 12. ＿＿＿＿＿＿＿＿＿＿ | 17. ＿＿＿＿＿＿＿＿＿＿ |
| 13. ＿＿＿＿＿＿＿＿＿＿ | 18. ＿＿＿＿＿＿＿＿＿＿ |
| 14. ＿＿＿＿＿＿＿＿＿＿ | 19. ＿＿＿＿＿＿＿＿＿＿ |
| 15. ＿＿＿＿＿＿＿＿＿＿ | 20. ＿＿＿＿＿＿＿＿＿＿ |

**講 解**

　　有少數普通話雙音節詞可以顛倒使用，詞意基本相同，如句 11 中的“演講”也可以説成“講演”。其他如“噴嚏”也可以説“嚏噴”。“遙距課程”在普通話中以前叫“函授課程”。

## （三）詞語聽選 🎧

**説 明**

① 聆聽每題錄音之前，先迅速看一下文字題目，了解句子大意；

② 收聽錄音內容，從朗讀員讀出的 4 個詞語中選取適當的詞語，並寫出代表它的英文字母。（在 CD-ROM 中，請先試作答，或顯示答案選擇後剔選。）

| 看題目 | 我的 ＿＿＿＿＿＿ 是説，這個方案不一定可行。 |
| 聽錄音 | A. 意思　B. 意識　C. 意義　D. 意志 |
| 填 / 選答案 | 答案：A（在 CD-ROM 光盤中，則用鼠標剔選答案。） |

21. 他 ＿＿＿＿＿＿，你怎麼叫他王老師。　　　　答案：＿＿＿＿

22. 你一定不要錯過這個學習 ＿＿＿＿＿＿。　　答案：＿＿＿＿

23. 這個案件很快就被 ＿＿＿＿＿＿ 了。　　　　答案：＿＿＿＿

24. 瞧那人滿臉 ＿＿＿＿＿＿，離他遠點兒！　　答案：＿＿＿＿

25. 這種貨是暢銷貨，沒有 ＿＿＿＿＿＿。　　　答案：＿＿＿＿

## 講 解

　　注意，這裡所出現的詞語其語音和詞義較為接近，請根據句子的意思選取最恰當的一個。如 "火氣" 與 "和氣"，在廣州話與普通話中，語音都較接近，但意義卻相反。所以要根據句子的意思選擇適當的搭配。

## 二　短句聆聽 🎧

## 説 明

① 收聽錄音，錄音中將有幾個短句。

② 根據錄音中的説話內容，選擇一個適當答案，並將代表這個答案的字母填寫在該題的答案線上。（在 **CD-ROM** 中，請先顯示題目，再選答案。）

例如：

| 聽錄音 | 男：為花了點兒錢就大吵一通，又讓人家看了場好戲。 |
| | 問：説話人是甚麼意思？ |
| 選擇 | A.不該演戲　B.戲票太貴　C.炒賣蝕本　D.不該吵架 |
| 填 / 選答案 | 答案：D（在 CD-ROM 光盤中，則用鼠標剔選答案。） |

26. A. 嫌對方老是說氣話，有口無心。

　　B. 嫌對方老是說大話，只說不做。

　　C. 嫌對方老是說假話，不做真事情。

　　D. 嫌對方老是說壞話，不做好事情。　　　　　答案：＿＿＿＿＿

27. A. 屋裡太黑，要求對方打開窗戶再討論。

　　B. 要求對方聲音大點兒，要不然聽不清楚。

　　C. 要求對方把窗戶打開，提高聲音。

　　D. 要求對方直接了當地說出自己的觀點。　　　答案：＿＿＿＿＿

28. A. 語言越學越好。

　　B. 語言很有意思。

　　C. 講話要精煉。

　　D. 語言越說越簡短。　　　　　　　　　　　答案：＿＿＿＿＿

29. A. 反對

　　B. 贊同

　　C. 中立

　　D. 補充　　　　　　　　　　　　　　　　　答案：＿＿＿＿＿

30. A. 對方能拿到及格

B. 對方拿不到及格

C. 自己能拿到及格

D. 自己拿不到及格　　　　　　　　答案：＿＿＿＿

## 三　對話聆聽 🎧

**說明**

① 先快速看一遍題目，了解題目大意；

② 收聽錄音；

③ 回答題目中的問題。注意對話的錄音較長，因此可以邊聽邊做簡要記錄。

31. 女的現在做甚麼工作？

A. 導遊

B. 文書

C. 老闆

D. 沒有工作　　　　　　　　　　　答案：＿＿＿＿

32. 男的目前做甚麼工作？

A. 導遊

B. 文書

C. 老闆

D. 普通話教師　　　　　　　　　　答案：＿＿＿＿

33. 男的對目前的工作是否滿意？

　　A. 還算滿意

　　B. 覺得辛苦

　　C. 十分不滿意

　　D. 想換工作　　　　　　　　　　　　答案：＿＿＿＿＿＿

34. 男的目前工作職位所需要的語言是：

　　A. 英文、日文

　　B. 英文、日文、普通話

　　C. 普通話、日文

　　D. 廣東話、英文　　　　　　　　　　答案：＿＿＿＿＿＿

35. 女的認為男的普通話水平如何？

　　A. 太差

　　B. 很好

　　C. 比自己好

　　D. 還可以　　　　　　　　　　　　　答案：＿＿＿＿＿＿

## 講 解

　　唬唬他：虛張聲勢，誇大事實來嚇人或蒙蔽對方。

## 四　短文聆聽

## 説 明

① 先快速看一下題目中的問題，以了解短文所可能涉及的
　內容；

② 認真收聽錄音一遍，同時做出必要的、簡明的記錄；

③ 回答問題。由於供選擇的答案都是容易混淆的，其中只有一個是適當的，所以要看完 4 個選擇之後，再作出判斷。

36. 文章認為邱瑞盛的普通話

　A. 說得很好

　B. 說得很差

　C. 以前說得好，現在說得差

　D. 以前說得差，現在說得好　　　　　　　答案：＿＿＿＿＿

37. 邱瑞盛說錯了普通話的音

　A. 將"少"字唸成了"考"字

　B. 將"也"字唸成了"寫"字

　C. 將"十"字唸成了"四"字

　D. 將"曬"字唸成了"洗"字　　　　　　　答案：＿＿＿＿＿

38. 兩人約會的正確時間是

　A. 下午四點

　B. 上午十點

　C. 中午最熱的時候

　D. 晚上最涼的時候　　　　　　　　　　　答案：＿＿＿＿＿

39. 那次約會以後，邱瑞盛決心

　A. 掐死對方

　B. 脫一層皮

　C. 學好普通話

　D. 不學普通話了　　　　　　　　　　　　答案：＿＿＿＿＿

40. 文章認為，在普通話比賽中，邱瑞盛

A. 表現意外地糟糕

B. 表現意外地出色

C. 應該得獎而沒得獎

D. 不應該得獎而得了獎　　　　　　　　　答案：＿＿＿＿

**講 解**

"愣是"的"愣"是北方地區的一種常用方言詞，意為"偏偏"。
要注意把握短文的中心意思。

# 丙 部 說話訓練

說話訓練部份共有 3 項內容。第一是"對話練習";第二是"短講練習";第三是"會話練習"。

這三種練習的方法都不同,請閱讀每種練習前面的"說明"。

## 一　對話練習

本練習要求你將一段對話補充完整。

① 下面已有對話中甲方的說話內容,現假設你(乙方)正與甲方對話。請先閱讀甲方說話的文字內容,以了解甲方想表達的意思,並用一兩分鐘考慮一下,你應當如何與甲方說話。

② 打開 CD-ROM 光盤,每聽完錄音中甲方的一句話,跟着就說出一句你認為應當回應的話。注意:不要停止聆聽錄音和回應對話,要跟隨甲方的速度,將此篇對話完成。你的話要與

對方的話互相呼應，內容相連。

③ 作為乙方的你，在與甲方"對話"時，所使用的句子，在字數方面也要與甲方大致相當。例如，甲方説出一句約 10 個字的話，你的對話也應在 7～12 個字之間為宜。

④ 只要符合上面的要求，你可以儘可能多地使用不同的對話（通常至少應當想出 3 種不同的對話）。但是，在答案中僅提供一種可能的對話，供你參考。例如：

甲：你怎麼還不去吃午飯？

乙：

甲：再忙也得吃飯啊！人是鐵，飯是鋼嘛！

乙：

你可以這樣回答：

甲：你怎麼還不去吃午飯？

乙：這麼多的事還沒做完呢！

（或：瞧！這麼多工作，哪有時間吃飯哪！）

甲：再忙也要吃飯啊！人是鐵，飯是鋼嘛！

乙：工作要緊，等我做完這件事就去吃。

（或：一頓不吃沒關係，我已經習慣了。）

請完成下面的對話練習：

甲：聽您的口音，好像不是本地人？

乙：

甲：福建人？來香港已那麼久了？

乙：

甲：也不能那麼說，廣東話本來就難學。

乙：

甲：沒錯兒，鄉音是很難去掉的。其實，我也不是本地人。

乙：

甲：我是上海人。

乙：

甲：謝謝，其實還差得很遠。仔細就聽出來了。


## 二　短講練習

【説明】

① 這個練習要求你先聆聽一段"短講錄音"，然後完成一段短講。注意，你説話的觀點必須要與錄音中演講者的觀點不同或相反。

② 準備 5 分鐘，可以寫出一個簡要的提綱，但不可寫成短文照讀。

③ 要求語音準確、語速適中、用詞正確、語意順暢。

④ 先聽 CD-ROM 光盤中本單元丙部的"短講錄音"，再做約 1～2 分鐘的短講（大約 300 字）。

題目：用普通話教中文科

065

**提 示**

不同意使用普通話教中文科，可以從以下三方面思考：

1. 學生的母語；

2. 教師的普通話水平；

3. 社會對廣州話的需要以及中文科的任務。

**講 解**

此文使用了較為正式的語體，內容也理直氣壯。論說性的發言大多如此。

勉強：“強”字讀上聲。

## 三　會話練習

**說 明**

本練習是要求你設計一個特定情境中的會話，並由自己扮演會話雙方，將會話完成。

① 先閱讀題目，以及 “情境提示”；

② 自己設定一個場合和兩個或以上的說話者；

③ 根據設定的說話者的身份和口吻，以及特定的情境設計一段對話；

④ 開始自己與自己對話，對話總共不得少於 10 句。注意要有合乎邏輯的內容；

⑤ 完成自我對話後，再閱讀本書 “附錄三” 或 CD-ROM 內本單

元的"會話示範"及聆聽範文的錄音。

題目：粵語北伐

近些年來，一些廣州話詞語在北方地區流行，有人稱為"粵語北伐"。例如："美食""鳳爪""飲茶""老公""靚女""作秀""樓市""巴士"等。有些詞語還經過了改造，如"打的""打車"（都是指乘坐出租汽車）等。

講 解

注意，近年來有許多廣州話的詞語在北方地區流行，特別是在口語中。但是這些詞語中的大部份尚不算是普通話的規範詞語。通常我們可以用是否收錄在最新版的《現代漢語詞典》中來確定其是否為普通話的規範詞語。

打的：音 dǎ dī。"的"為陰平調。

# 單元四 ●
# 八號風球
# （天氣）

訓練目標：

■ 能以 "天氣" 和 "氣候" 為基本話題進行聽說活動

■ 聽懂有關天氣或氣候方面的討論或介紹

■ 能用正確的語音、恰當的詞語講述與天氣或氣候有關的意見

# 甲 部 朗讀訓練

**講 解**

　　在語音方面，朗讀要注意 4 項基本要素，即字音、停頓、輕重、語調。其中，"輕重"一項的練習方法最重要的，是要確定"重讀的音節"。即要準確地將該重讀的字、詞唸得比其他音節明顯重，一般也略高於相鄰的其他音節。

　　重讀音節的確定，最主要的原則是"強調"。凡是在語意上應該強調的字或詞，就應唸得比其他非強調的音節要重。例如："你怎麼才來！"的"才"字顯然應當強調，才能表達出埋怨的情感。否則，這句話就讀不出情感，甚至表達不出說話人的正確意思。有時強調是由對比而造成的。如："紅的是我的，綠的才是你的。"其中"紅的"和"綠的"由於對比關係可以重讀。

　　當然，有時重讀並非強調，而是由於語句的自然表達，甚至是由於語音的節奏造成的。如形容詞，特別是多音節形容詞，一般要讀得重些。例如："她有一雙明亮而美麗的眼睛。"

　　只要準確抓住並讀出了重讀音節，一句話便會生動起來。

## 一　詞語朗讀 🎧

| Xiānggǎng | jìjié | yàrèdài | yíbànr | dìqū | wēixiǎn | fēngqiú |
|---|---|---|---|---|---|---|
| 香港 | 季節 | 亞熱帶 | 一半兒 | 地區 | 危險 | 風球 |

| bèipò | zīwèir | cháohūhū | liángkuai | gānzào | měihǎo | shuǐjīnggōng |
|---|---|---|---|---|---|---|
| 被迫 | 滋味兒 | 潮乎乎 | 涼快 | 乾燥 | 美好 | 水晶宮 |

| dēngshì | qīngxiè |
|---|---|
| 燈飾 | 傾瀉 |

### 講解

　　潮乎乎：“乎乎”是一個常用的形容詞後綴，如“乾乎乎”“黏乎乎”“傻乎乎”等。

　　一半兒：是兒化詞，兒化的讀音效果帶有明顯的口語色彩。

　　注意聲調，如“燈飾”的“飾”是去聲，“晶”字為陰平，等。

## 二　課文朗讀 🎧

Xiānggǎng wèiyú yàrèdài , měinián jīhū yǒu yíbànr de shíjiān
香港　位於　亞熱帶，每年　幾乎　有　一半兒　的　時間

tiānqì hěn rè .
天氣　很　熱。

Suǒyǐ xiàtiān shì Xiānggǎng zuì cháng de jìjié , yòu shì zuì jiào rén
所以　夏天　是　香港　最　長　的　季節，又　是　最　叫　人

nánshòu de jìjié .
難受　的　季節。

有時 遇上 颱風 襲 港 ， 狂風 暴雨，許多 低窪 地區

還會 出現 發大水 的 現象。一些 山坡地 可能 會 出現

危險 的 山泥 傾瀉。天文台 事先 會 掛起 八 號 風球，有時

還會 發出 黑色 暴雨 警告。這時， 正常 的 交通 被迫

中斷 ，各公司 停止 工作，學校 也 停 課。颳 颱風 時，

最好 是 躲 在 家裡 看 電視，哪兒 也 別 去。

春天 一般 是 美好 的 季節，可 香港 的 春天 卻

多霧、多雨，潮乎乎 的。秋天 和 冬天 是 香港 最 好

的 季節 了。尤其 是 秋天，又 乾燥 又 涼快。因此，秋

冬 兩 季 是 來 香港 旅遊 的 大好 時光。特別是 聖誕

節 期間，來 觀光 的 人 最多。 聖誕 之 夜，漫步 在

維多利亞 海港，仰望 各種 聖誕 燈飾，清風 拂面，

就 如同 置身 於 水晶宮 一樣，別提 有 多 美 了。

## 講 解

每年 幾乎 有 一半兒 的 時間 天氣 很 熱：這裡，"一半兒" 要 重讀，

以示 強調。

可香港的春天卻多霧、多雨，潮乎乎的：這句話中，"香港的"要重讀，原因是對比性的強調，意為，"香港的春天"不同於其他地區的春天。

"秋天"的"天"字，在口語中一般讀得較輕，以強調了"秋"字。

就如同置身於水晶宮一樣："水晶宮"要重讀，特別是"宮"字。

別提有多美了！這是一個口語性很強的感嘆句，意為"極為美妙"。朗讀時"別提"常重讀，以示強調。

發大水：口語詞，即廣州話中的"水淹""水浸"。

# 乙 部 聆聽訓練

## 一 詞語聆聽

### （一）詞語聽辨

**說明**

① 一邊聽錄音，一邊做練習。先不要馬上重複聆聽，因為第一遍的聆聽辨詞最能測驗你現有的聽力；

② 再次收聽錄音，儘量將第一遍聆聽時沒有聽清楚，或聽錯的地方聽懂，以修正答案；

③ 核對課文後的答案；重新聆聽答錯的詞語，並將該詞語練習讀出及加以記憶；

④ 朗讀員會將每一題的詞語連讀兩次。請根據錄音中的語音，在該題所列的 4 個詞語中選取朗讀員讀出的詞語，並在書中填上或在 CD-ROM 光盤中剔選所屬的英文字母。

例如：

| 聽錄音 | 詳細；詳細 |
| --- | --- |
| 選擇 | A. 強勢　B. 嘗試　C. 詳細　D. 賞識 |
| 填 / 選答案 | 答案：<u>C</u>（在 CD-ROM 光盤中，則用鼠標剔選答案。） |

1. A. 滑稽　　B. 匣子　　C. 瞎擠　　D. 夏季　　答案：＿＿＿＿

2. A. 豌豆　　B. 溫度　　C. 悶倒　　D. 聞到　　答案：＿＿＿＿

3. A. 鬼節　　B. 詭計　　C. 擊劍　　D. 季節　　答案：＿＿＿＿

4. A. 摧毀　　B. 吹毀　　C. 春暉　　D. 垂危　　答案：＿＿＿＿

5. A. 傾盆　　B. 清盤　　C. 侵犯　　D. 輕判　　答案：＿＿＿＿

6. A. 大魚　　B. 帶魚　　C. 大雨　　D. 待遇　　答案：＿＿＿＿

7. A. 風球　　B. 號召　　C. 風口　　D. 鳳球　　答案：＿＿＿＿

8. A. 狠毒　　B. 很凍　　C. 撼動　　D. 寒冬　　答案：＿＿＿＿

9. A. 搶進　　B. 強勁　　C. 羌族　　D. 嗆住　　答案：＿＿＿＿

10. A. 鹽業　　B. 演藝　　C. 炎熱　　D. 咽炎　　答案：＿＿＿＿

## 講解

　　每組 4 個詞中，讀音均較相近，容易混淆。其中，有的是普通話拼音相同，聲調不同，如，"大魚 dàyú"和"大雨 dàyǔ"；有的是一個詞用普通話讀起來，很接近另一個詞用廣州話的讀音。如，"炎熱 yánrè"與"鹽業 yányè"。

（二）詞語聽寫 🎧

說 明

① 錄音中，每題讀出一個句子，每句讀兩遍。在第一遍之後將重複讀出句中一個詞語。

② 根據錄音，在書中將重複讀出的詞語寫出；或在 CD-ROM 中，用鼠標選擇答案。

例如：

聽錄音　他是我們公司的老客戶。客戶……他是我們公司的老客戶。

填/選答案　答案：客戶（在 CD-ROM 光盤中，則用鼠標剔選答案。）

11.＿＿＿＿＿＿＿＿＿＿　16.＿＿＿＿＿＿＿＿＿＿

12.＿＿＿＿＿＿＿＿＿＿　17.＿＿＿＿＿＿＿＿＿＿

13.＿＿＿＿＿＿＿＿＿＿　18.＿＿＿＿＿＿＿＿＿＿

14.＿＿＿＿＿＿＿＿＿＿　19.＿＿＿＿＿＿＿＿＿＿

15.＿＿＿＿＿＿＿＿＿＿　20.＿＿＿＿＿＿＿＿＿＿

講 解

　　本題出現的詞語有些是普通話口語中的常用詞語，而與廣州話中相應詞語是不相同的，如普通話的“颱風”，在廣東話中說“打風”。有的詞語則是廣州話中很少使用的，如“裘皮大衣”“瑞雪”等。

（三）詞語聽選 🎧

**說 明**

① 聆聽每題錄音之前，先迅速看一下文字題目，了解句子
大意。

② 收聽錄音內容，從朗讀員讀出的 4 個詞語中選取適當的詞
語，並寫出代表它的英文字母。（在 **CD-ROM** 中，請先試作
答，或顯示答案選擇後剔選。）

例如：

看題目 　　我的 ＿＿＿＿＿＿ 是說，這個方案不一定可行。

聽錄音 　　A. 意思　B. 意識　C. 意義　D. 意志

填/選答案 　　答案：A（在 CD-ROM 光盤中，則用鼠標剔選答案。）

21. 颳八號颱風，到海邊兒去玩兒，太 ＿＿＿＿＿＿ 了！　　答案：＿＿＿＿

22. 這大熱天還出去，不怕 ＿＿＿＿＿＿ ！　　　　　答案：＿＿＿＿

23. 你這麼 ＿＿＿＿＿＿ ，會吃虧的。　　　　　　　答案：＿＿＿＿

24. 到陌生的地方去玩兒，一定要有個好 ＿＿＿＿＿＿ 。答案：＿＿＿＿

25. 他暈船，所以 ＿＿＿＿＿＿ 沒多久，風浪一起，他就
難受得不得了。　　　　　　　　　　　　答案：＿＿＿＿

**講 解**

　　選詞時注意避免廣州話習慣的影響。如"辛苦"，是廣州話與普
通話使用不同。

## 二　短句聆聽 🎧

① 收聽錄音,錄音中將有幾個短句。

② 根據錄音中的説話內容,選擇一個適當答案,並將代表這個答案的字母填寫在該題的答案線上。(在 CD-ROM 中,請先顯示題目,再選答案。)

例如:

**聽錄音**　　男:為花了點兒錢就大吵一通,又讓人家看了場好戲。

　　　　　　問:説話人是甚麼意思?

**選擇**　　A.不該演戲　B.戲票太貴　C.炒賣蝕本　D.不該吵架

**填／選答案**　　答案: D (在 CD-ROM 光盤中,則用鼠標剔選答案。)

26. A. 希望自己遇到那樣的事兒。

B. 我也不願意。

C. 我已經遇到了這樣的事兒。

D. 我很有經驗了。　　　　　　　　　　　　答案:_____

27. A. 特別好

B. 火爆

C. 比較怪

D. 壞透了　　　　　　　　　　　　　　　　答案:_____

28. A. 很生氣

B. 很着急

　　C. 非常惱怒

　　D. 顯得無可奈何　　　　　　　　　答案：＿＿＿＿

29. A. 隨便站在那裡

　　B. 緊緊擠靠在一起

　　C. 一個跟着一個排好隊

　　D. 矮個子立刻站好　　　　　　　　答案：＿＿＿＿

30. A. 一條大馬哈魚

　　B. 一個非常馬虎的人

　　C. 一匹馬

　　D. 一隻大蛤蟆　　　　　　　　　　答案：＿＿＿＿

**講 解**

　　這些短句或對話都有言外之意，不能僅從字面上去理解，要體會到這些言外之意才算聽懂了說話人真正要表達的意思。

## 三　對話聆聽 🎧

**說 明**

　　① 先快速看一遍題目，了解題目大意；

　　② 收聽錄音；

　　③ 回答題目中的問題。由於對話的錄音較長，所以要練習邊聽邊做簡要記錄。

31. 女說話者可能是男孩子的甚麼人？

    A. 同學

    B. 老師

    C. 媽媽

    D. 姐姐　　　　　　　　　　　　　答案：_____

32. 小男孩兒擔心會遭到甚麼待遇？

    A. 責怪

    B. 受罰

    C. 諒解

    D. 不許回家　　　　　　　　　　　答案：_____

33. 雨傘是甚麼樣的？

    A. 長把兒的黑雨傘

    B. 灰色的小雨傘

    C. 短把兒的黑雨傘

    D. 淋濕的長雨傘　　　　　　　　　答案：_____

34. 從對話中，你認為男孩子的雨傘在哪兒？

    A. 丟了，不知在哪兒

    B. 在牆的角落裡

    C. 沒帶到學校來

    D. 在大門口放着　　　　　　　　　答案：_____

35. 你認為這個男孩子

    A. 十分機靈

    B. 不懂道理

C. 思維太簡單

D. 過於誠實 答案：＿＿＿＿＿

講解

黑不溜秋：這是一種口語形容詞形式。"不溜秋"作為詞綴，可以跟在某些單音節形容詞後面，多表示一種使人厭惡的事物特徵，如"賊不溜秋""灰不溜秋"等。"不"字輕聲。但這類形容詞目前主要流行於北方地區，屬北方方言詞。

"剋"在這裡音"kēi"，責罵的意思。

## 四 短文聆聽 🎧

說明

① 快速看一下題目中的問題，以了解短文所可能涉及的內容；

② 認真收聽錄音一遍，同時做出必要的、簡明的記錄；

③ 回答問題。由於供選擇的答案都是容易混淆的，其中只有一個是適當的，所以要看完 4 個選擇之後，再作出判斷。

36. 司徒老爺為甚麼要出門兒？

　　A. 他好幾個星期沒出門兒了

　　B. 有人借了他的錢，他去討要

　　C. 他要到李家去還錢

　　D. 有人借了他的雨傘 答案：＿＿＿＿＿

37. 他正要出門兒，天氣怎麼樣？

　　A. 掛起八號風球

　　B. 下起了小雨

　　C. 下起暴雨

　　D. 大雨剛停　　　　　　　　　　　　答案：＿＿＿＿＿

38. 司徒老爺為甚麼罵老婆"笨"？

　　A. 因為老婆把新雨鞋拿給了他

　　B. 因為她忘記了他的雨鞋

　　C. 因為雨鞋不合適

　　D. 因為她沒有借到雨鞋　　　　　　　答案：＿＿＿＿＿

39. 司徒老爺為甚麼光着腳跑出去了？

　　A. 雨天可以不穿鞋

　　B. 不捨得穿自己的新雨鞋

　　C. 要找鄰居借鞋

　　D. 沒有合適的鞋　　　　　　　　　　答案：＿＿＿＿＿

40. 為甚麼叫司徒老爺"鐵公雞"？

　　A. 因為他十分好鬥

　　B. 因為他容易發脾氣

　　C. 因為他不怕大雨

　　D. 因為他十分吝嗇　　　　　　　　　答案：＿＿＿＿＿

**講解**

　　"鐵公雞"比喻特別吝嗇，"一毛不拔"的人，意近廣州語中的"算死草"。注意普通話中有些很常用，人人都明白的比喻性名詞，而這些詞有時並不是以廣州話為母語的人所常用的。有些此類詞語還有一個成語性的故事或來自一句歇後語。

　　“今兒個”“明兒個”是“今天”“明天”的意思，常出現在北京一些普通市民的口中，有時也可以不用“個”，只說“今兒”“明兒”。如“明兒見！”

# 丙部 說話訓練

説話訓練部份共有 3 項內容。第一是"對話練習";第二是"短講練習";第三是"會話練習"。

這三種練習的方法不同,請閱讀每種練習前面的"説明"。

## 一　對話練習

本練習要求你將一段對話補充完整。

① 下面已有對話中的甲方説話內容,現假設你(乙方)正與甲方對話。請先閱讀甲方説話的文字內容,以了解甲方想表達的意思,並用一兩分鐘考慮一下,你應當如何與甲方説話。

② 打開 CD-ROM 光盤,每聽完錄音中甲方的一句話,跟着就説出一句你認為應當回應的話。注意:不要停止聆聽錄音和回應對話,要跟隨甲方的速度,將此篇對話完成。你的話要與

對方的話互相呼應，內容相連。

③ 作為乙方的你，在與甲方"對話"時，所使用的句子，在字數方面也要與甲方大致相當。例如，甲方說出一句約 10 個字的話，你的對話也應在 7～12 個字之間為宜。

④ 只要符合上面的要求，你可以儘可能多地使用不同的對話（通常至少應當想出 3 種不同的對話）。以下提供一種可能的對話，供你參考：

> 甲：你怎麼還不去吃午飯？
>
> 乙：
>
> 甲：再忙也得吃飯啊！人是鐵，飯是鋼嘛！
>
> 乙：
>
>
> 你可以這樣回答：
>
> 甲：你怎麼還不去吃午飯？
>
> 乙：這麼多的事還沒做完呢！
>
> 　　（或：瞧！這麼多工作，哪有時間吃飯哪！）
>
> 甲：再忙也要吃飯啊！人是鐵，飯是鋼嘛！
>
> 乙：工作要緊，等我做完這件事就去吃。
>
> 　　（或：一頓不吃沒關係，我已經習慣了。）

請完成下面的對話練習：

甲：現在是紅色暴雨警告訊號，你怎麼還往外跑啊？

乙：

甲：紅色暴雨警告時，學校全部停課，還考甚麼試啊！

乙：

甲：誰說的？紅色訊號就停課！不信，你打電話問問。

乙：

甲：倒也是，學校裡沒人怎麼問？

乙：

甲：有，有！一定有！天文台。

乙：

甲：好像是……，唉，想不起來了。你乾脆上一趟學校看看，
　　最保險！

## 二　短講練習

**説明**

① 這個練習要求你按照下面圖畫的意思，完成一段短講。

② 你可有 5 分鐘的準備時間，寫一個簡要的提綱，但不可寫成
　短文照讀。

③ 要求語音準確、語速適中、用詞正確、語意順暢。

根據下列題目做約 1 分鐘的短講（大約 250 字）。

　　根據上面的圖畫，談談圖中 4 個城市在 3 月份的一般性氣候情況。

提 示

　　這是看圖說話的練習。要注意：

　　1. 說話內容要與圖意有一定的關聯；共有 4 幅圖畫，要都談到。一般可按排列順序談論。

　　2. 找出圖畫與圖畫之間的關係，如在這裡即可做一定的對比說明。

　　3. 一方面可以講解圖意，另一方面也可以表達自己的意見和感覺。

4. 注意口語化。要使用生動的口語詞和適當的口氣。對比短講範文和朗讀示範本身，理解"說話"與"朗讀"的不同。

**提 綱**

北京：春暖花開，但風沙大；

香港：多雨潮濕；

倫敦：多霧；

悉尼：季節與北半球相反，正值初秋。

## 三 會話練習

**説 明**

這個練習要求你設計一個特定情境中的會話。你要同時扮演會話的雙方。

① 仔細觀看圖畫，以及"情境提示"。

② 自我設定一個場面和兩個對話者。

③ 根據設定的對話者的身份和口吻，以及特定的情境設計一段對話。

④ 開始自己與自己對話，對話總共不得少於 10 句。注意對話要有合乎邏輯的內容。

⑤ 完成自我對話後，再閱讀本書"附錄三"或 CD-ROM 內本單元的"會話示範"及聆聽範文的錄音，以資參考和對照。

題目：今天不出門兒

情境提示

從圖中你可以看到，男孩子很喜歡出去，他準備了很多東西。但是女孩子在好言相勸，告知暴雨的危險。兩人顯然對天氣有不同的看法，小小的爭論應是不可避免的。

注意對話中要表現出人物的性格。如男孩子粗心、頑皮，女孩子細心、有耐性等。

講解

"天氣預報"在香港常說"天氣報告"。"別逗了"意為"別開玩笑了"。

# 單元五

## 去哪兒度假？
## （旅遊）

訓練目標：

■ 以 "旅遊" 為基本話題進行聽說訓練

■ 聽懂有關旅遊方面的討論或介紹

■ 能用正確的語音、恰當的詞語講述與旅遊有

關的經歷或意見

甲 部 朗讀訓練

**講 解**

　　朗讀中除了要注意"重讀"的音節之外，還要注意"輕讀"的音節。讀準了重讀音節，就能更準確和生動地表達說話人想要表達的意思和情感；讀好了輕讀音節，則能使語句更加流暢，自然。

　　"輕讀"的音節在發音時類似一個"輕聲"音節，但又不是"輕聲"音節。輕聲音節，包括詞彙輕聲和語法輕聲，一般情況下，都要讀輕聲。如"漂亮"的"亮"一定要讀輕聲；"他來了"的"了"一般也要讀輕聲。

　　輕讀音節則是指那些在詞彙和語法上本來不是輕聲的音節，在朗讀和說話時，由於表達的需要而"讀如輕聲"。例如："你怎麼才來？"

　　這句話中的"才"字重讀，"你"字也可以重讀；相比之下，"怎麼"和"來"都可以輕讀。其中"怎麼"的"麼"字本來就是輕聲，但"怎"和"來"兩個音節"讀如輕聲"的原因即由於表達的需要。如果特別強調"才"字，那麼，連"你"字也可以輕讀。再如："只有機器房的聲音。"

在這句話中，由於重讀強調了"機器房"，而使"的聲音"這三個音節都輕讀了。其中"的"字本來應是輕聲，但"聲音"兩字"讀如輕聲"即是"輕讀"。

"輕讀"是極為重要的朗讀和說話技巧。如果你仔細聆聽錄音，記下每一個輕讀的音節，就會發現，在一句話或一段話中，輕讀音節的數量常常超過重讀音節的數量。輕讀音節與重讀音節相輔相成，使說話表現得更加生動和準確。

## 一　詞語朗讀 🎧

| jiàqī | wánwanr | gāncuì | zhuànzhuan | méi jìn | shèngdì |
|---|---|---|---|---|---|
| 假期 | 玩玩兒 | 乾脆 | 轉轉 | 沒勁 | 勝地 |

| shúshìwúdǔ | diāndǎo | cōngmíng | mònián | wò | bìnàn |
|---|---|---|---|---|---|
| 熟視無睹 | 顛倒 | 聰明 | 末年 | 臥 | 避難 |

**講解**

假期："期"，讀陰平。香港的普通話學習者容易誤讀為陽平。

玩兒：是習慣兒化。一般來說，兒化詞多為名詞，但少數也有動詞或其他詞類。"玩兒"即為動詞。

這裡的"沒勁"不能讀成"沒勁兒"。"沒勁"意為"沒意思"；"沒勁兒"意為身體沒有力氣。

"聰明"的"明"是可以輕讀也可以不輕讀，但以輕讀為常見。

## 二　課文朗讀

穎思：
Wèi, xià lǐbài yǒu sān tiān jiàqī, nǐ shuō zánmen qù
喂，下禮拜有三天假期，你說咱們去

nǎr wánwanr ne?
哪兒玩玩兒呢？

嘉聰：
Jiù sān tiān, qù bu liǎo duō yuǎn. Gāncuì jiù zài Xiānggǎng
就三天，去不了多遠。乾脆就在香港

zhuànzhuan dé le.
轉轉得了。

穎思：
Jiù zài zhèr? Yǒu shénme hǎo wánr de! Méi jìn!
就在這兒？有甚麼好玩兒的！沒勁！

嘉聰：
Nǐ zhè jiàozuò shēnzàifúzhōng-bùzhīfú, shǒuzhe lǚyóu
你這叫做身在福中不知福，守着旅遊

shèngdì, què shúshìwúdǔ. Wǒ xiān kǎokao nǐ, yào shì nǐ
勝地，卻熟視無睹。我先考考你，要是你

dá duì le, miǎnfèi gēn wǒ lǚyóu ……
答對了，免費跟我旅遊……

穎思：
Shuō ba! Shénme wèntí?
說吧！甚麼問題？

嘉聰：
Xiānggǎng wéishénme jiào Xiāng …… gǎng?
"香港"為甚麼叫"香"……港？

穎思：
Nǐ lián zhè dōu bù zhīdào wa?
你連這都不知道哇？

嘉聰：
Bié nòng diāndǎo le, xiànzài shì kǎo nǐ.
別弄顛倒了，現在是考你。

穎思：
Nà bùrú wǒ xiān wènnǐ, Jiǔlóng wéishénme jiào Jiǔlóng?
那不如我先問你，"九龍"為甚麼叫"九龍"？

嘉聰：
Ò! Yǒu hǎi jiù yǒu lóng, běnlái yǒu shí tiáo, pǎole yì
哦！有海就有龍，本來有十條，跑了一

tiáo , dāngrán jiù shèng jiǔ lóng le .
條，當然就剩九龍了。

Yǐngsī :　Bié húshuōbādào le ! Gàosu nǐ ba , Jiǔlóng bàndǎo yuánlái
穎思：　別胡說八道了！告訴你吧，九龍半島原來

yǒu bā zuò shān , xiāngchuán yī shān wò yì lóng .
有八座山，　相傳　一山臥一龍。

Jiācōng :　Nà wéishénme bú jiào Bā lóng ?
嘉聰：　那為甚麼不叫“八龍”?

Yǐngsī :　Nán Sòng mònián de huángdì céng dào zhèli bìnàn . Bā lóng
穎思：　南宋末年的皇帝曾到這裡避難。“八龍”

zài jiā yì zhēnlóng-tiānzǐ , bú jiù shì Jiǔlóng le ma ?
再加一真龍天子，不就是“九龍”了嗎?

Jiācōng :　Ō , nǐ zhēn cōngming ! Kànlái děi wǒ chū qián , nǐ péi
嘉聰：　噢，你真聰明！看來得我出錢，你陪

yóu le .
遊了。

**講解**

　　咱們：一般情況下，包括己方（我或我們）和對方（你或你們），就是指所有在場的人。如果不包括對方，通常用"我們"。但是"我們"有時也有與"咱們"類似的用法，如"我們一起幹吧"。

　　"乾脆就在香港轉轉得了"中的"得了"，要讀 dé，並重讀。意思是"行了""算了"。

　　注意對話中的輕讀音節。如"當然就剩九龍了"，重讀"當然"之後，其他音節"就""剩""了"都應輕讀。

**乙** 部 聆聽訓練

## 一　詞語聆聽

（一）詞語聽辨

說 明

① 一邊聽錄音，一邊做練習。先不要馬上重複聆聽，因為第一遍的聆聽辨詞最能測驗你現有的聽力；

② 再次收聽錄音，儘量將第一遍聆聽時沒有聽清楚，或聽錯的地方聽懂，以修正答案；

③ 核對課文後的答案；重新聆聽答錯的詞語，並將該詞語練習讀出及加以記憶；

④ 朗讀員會將每一題的詞語連讀兩次。請根據錄音中的語音，在該題所列的 4 個詞語中選取朗讀員讀出的詞語，並在書中填上或在 CD-ROM 光盤中剔選所屬的英文字母。

| 聽錄音 | 詳細；詳細 |
|---|---|
| 選擇 | A. 強勢　B. 嘗試　C. 詳細　D. 賞識 |
| 填/選答案 | 答案：C（在 CD-ROM 光盤中，則用鼠標剔選答案。） |

1. A. 折扣　　B. 藉口　　C. 接口　　D. 結構　　　答案：＿＿＿＿

2. A. 遠行　　B. 遠航　　C. 原裝　　D. 銀妝　　　答案：＿＿＿＿

3. A. 分光　　B. 鳳凰　　C. 風光　　D. 瘋狂　　　答案：＿＿＿＿

4. A. 盛名　　B. 姓名　　C. 精明　　D. 成年　　　答案：＿＿＿＿

5. A. 同伴　　B. 銅盆　　C. 東邊　　D. 銅片　　　答案：＿＿＿＿

6. A. 導遊　　B. 道友　　C. 豆油　　D. 盜油　　　答案：＿＿＿＿

7. A. 心上　　B. 欣賞　　C. 音響　　D. 身上　　　答案：＿＿＿＿

8. A. 妄想　　B. 往返　　C. 忘返　　D. 黃蜂　　　答案：＿＿＿＿

9. A. 舊醬　　B. 九江　　C. 夠香　　D. 酒缸　　　答案：＿＿＿＿

10. A. 開窗　　B. 開槍　　C. 開倉　　D. 開船　　　答案：＿＿＿＿

## （二）詞語聽寫 🎧

**説 明**

① 錄音中，每題讀出一個句子，每句讀兩遍。在第一遍之後將
重複讀出句中一個詞語。

② 根據錄音，在書中將重複讀出的詞語寫出；或在 CD-ROM
中，用鼠標選擇答案。

例如：

> 聽錄音　　他是我們公司的老客戶。客戶……他是我們公司的老客戶。
>
> 填／選答案　　答案：客戶（在 CD-ROM 光盤中，則用鼠標剔選答案。）

| | |
|---|---|
| 11. _____ | 16 _____ |
| 12. _____ | 17. _____ |
| 13. _____ | 18. _____ |
| 14. _____ | 19. _____ |
| 15. _____ | 20. _____ |

## 講解

別提有多壯觀了："別提"在此處為"無法形容""非常"之意。

## （三）詞語聽選

## 説明

① 聆聽每題錄音之前，先迅速看一下文字題目，了解句子大意。

② 收聽錄音內容，從朗讀員讀出的 4 個詞語中選取適當的詞語，並寫出代表它的英文字母。（在 CD-ROM 中，請先試作答，或顯示答案選擇後剔選。）

例如：

> 看題目　　我的 _____ 是説，這個方案不一定可行。
>
> 聽錄音　　A. 意思　B. 意識　C. 意義　D. 意志
>
> 填／選答案　　答案：A（在 CD-ROM 光盤中，則用鼠標剔選答案。）

21. 去那個地區旅行，可以用 ＿＿＿＿＿＿＿ 嗎？　　　　　答案：＿＿＿＿

22. 要小心，那兒的交通 ＿＿＿＿＿＿＿ 不怎麼好。　　　答案：＿＿＿＿

23. 媽媽不帶她去玩兒，她就大聲 ＿＿＿＿＿＿＿ 起來。　答案：＿＿＿＿

24. 他今天心情不好，別拿他 ＿＿＿＿＿＿＿ 了。　　　　答案：＿＿＿＿

25. 騙人和 ＿＿＿＿＿＿＿ 是一回事。　　　　　　　　　答案：＿＿＿＿

## 二　短句聆聽 🎧

**説 明**

① 收聽錄音，錄音中將有幾個對話短句。

② 根據錄音中的説話內容，選擇一個適當答案，並將代表這個答案的字母填寫在該題的答案線上。（在 CD-ROM 中，請先顯示題目，再選答案。）

例如：

| 聽錄音 | 男：為花了點兒錢就大吵一通，又讓人家看了場好戲。 |
| | 問：説話人是甚麼意思？ |
| 選擇 | A. 不該演戲　B. 戲票太貴　C. 炒賣蝕本　D. 不該吵架 |
| 填/選答案 | 答案：D（在 CD-ROM 光盤中，則用鼠標剔選答案。） |

26. A. 演奏

　　B. 自我吹嘘

　　C. 修理東西

　　D. 演話劇　　　　　　　　　　　　　　　　答案：＿＿＿＿

27. A. 實在沒有辦法的時候

    B. 需要的時候

    C. 受到威脅的時候

    D. 有很高回報率的時候        答案：_____

28. A. 會下雨

    B. 沒看見雨

    C. 肯定不會下雨

    D. 下雨的可能性不大        答案：_____

29. A. 愛吃軟的東西，不愛吃硬的

    B. 軟的欺，硬的怕

    C. 對他態度越厲害，他越對抗

    D. 橫豎不講理        答案：_____

30. A. 他願意去

    B. 他還沒決定

    C. 在一個條件下，他才會去

    D. 他說甚麼也不去        答案：_____

## 三　對話聆聽 🎧

### 説 明

① 先快速看一遍題目，了解題目大意；

② 收聽錄音，並可邊聽邊做簡要記錄；

③ 在題目所列的 4 個答案中選出最恰當的一個，並將代表這個

答案的字母寫在答案線上（在 CD-ROM 中，則以鼠標選擇答
案）。有時可能有多個答案都是"可以"的，但根據錄音中
的內容，要選一個"最恰當"的。

31. 對話的人可能是甚麼關係？

　　A. 遊客和警察

　　B. 遊客和酒店的服務員

　　C. 兩個過路人

　　D. 遊客和導遊　　　　　　　　　　　答案：＿＿＿＿

32. 坐甚麼車到天安門比較便宜？

　　A. 102 電車

　　B. 8 路電車

　　C. 出租汽車

　　D. 332 路公共汽車　　　　　　　　　答案：＿＿＿＿

33. 以下哪個安排是男說話者建議的路線？

　　A. 故宮、十三陵、長城、動物園、天安門、頤和園、香山

　　B. 天安門、故宮、十三陵、長城、動物園、頤和園、香山

　　C. 故宮、頤和園、香山、十三陵、動物園、長城、天安門

　　D. 天安門、故宮、長城、十三陵、動物園、頤和園、香山

　　　　　　　　　　　　　　　　　　　　答案：＿＿＿＿

34. 男說話者最後交給女說話者甚麼東西？

　　A. 行李車

　　B. 跑馬票

　　C. 房間鑰匙

D. 旅遊圖　　　　　　　　　　　　答案：＿＿＿＿＿

35. 以下列出的交通工具，哪一項在對話中沒提到？

A. 公共汽車

B. 旅遊車

C. 出租汽車

D. 自行車　　　　　　　　　　　　答案：＿＿＿＿＿

## 四　短文聆聽

説明

① 快速看一下題目中的問題，以了解短文所可能涉及的內容；

② 認真收聽錄音一遍，同時做出必要的、簡明的記錄；

③ 回答問題。由於供選擇的答案都是容易混淆的，其中只有一個是適當的。所以要看完 4 個選擇之後，再作出判斷。

36. 說話的人好像是一位

A. 導遊

B. 遊客

C. 廣告播音員

D. 演員　　　　　　　　　　　　　答案：＿＿＿＿＿

37. 下列哪一項不包括在他參加的 "優惠套餐" 中？

A. 來回車票

B. 酒店住宿

C. 豐盛午宴

D. 自助早餐　　　　　　　　　　　　答案：＿＿＿＿＿＿

38. 專程去汕頭品茗的遊客從甚麼時候多起來了？

A. 自從汕頭有了"功夫茶"

B. 自從有了"優惠套餐"

C. 自從一個香港富商表示他喜歡去

D. 自從有了高級酒店　　　　　　　答案：＿＿＿＿＿＿

39. 說話人參加的旅行團要多少錢？

A. 一千塊錢左右

B. 五百塊

C. 半價

D. 免費　　　　　　　　　　　　　答案：＿＿＿＿＿＿

40. "花倆錢兒"是甚麼意思？

A. 花不多的錢

B. 花很多的錢

C. 不捨得花錢

D. 真捨得花錢　　　　　　　　　　答案：＿＿＿＿＿＿

# 丙 部　說話訓練

## 説 明

　　説話訓練部份共有 3 項內容。第一是"對話練習"；第二是"短講練習"；第三是"會話練習"。

　　這三種練習的方法不同，請閱讀每種練習前面的"説明"。

## 一　對話練習

## 説 明

本練習要求你將一段對話補充完整。

① 下面已有對話中的甲方説話內容，現假設你（乙方）正與甲方對話。請先閱讀甲方説話的文字內容，以了解甲方想表達的意思，並用一兩分鐘考慮一下，你應當如何與甲方説話。

② 打開 CD-ROM 光盤，每聽完錄音中甲方的一句話，跟着就説出一句你認為應當回應的話。注意：不要停止聆聽錄音和回應對話，要跟隨甲方的速度，將此篇對話完成。你的話要與

對方的話互相呼應，內容相連。

③ 作為乙方的你，在與甲方 "對話" 時，所使用的句子，在字
數方面也要與甲方大致相當。例如，甲方説出一句約 10 個字
的話，你的對話也應在 7～12 個字之間為宜。

④ 只要符合上面的要求，你可以儘可能多地使用不同的對話
（通常至少應當想出 3 種不同的對話）。以下僅提供一種可能
的對話，供你參考：

甲：你怎麼還不去吃午飯？

乙：

甲：再忙也得吃飯啊！人是鐵，飯是鋼嘛！

乙：

你可以這樣回答：

甲：你怎麼還不去吃午飯？

乙：這麼多的事還沒做完呢！

　（或：瞧！這麼多工作，哪有時間吃飯哪！）

甲：再忙也要吃飯啊！人是鐵，飯是鋼嘛！

乙：工作要緊，等我做完這件事就去吃。

　（或：一頓不吃沒關係，我已經習慣了。）

請完成下面的對話練習：　🎧

甲：如果你的假期不長，我介紹你去台灣走走。

乙：

甲：當然有。我們正有一個"超值五天享樂團"。

乙：

甲：當然。五天可以暢遊台北、基隆、陽明山、日月潭、台中。

乙：

甲：旅遊就是要有些刺激性嘛！還包住五星級大酒店。

乙：

甲：成人兩千九百九十九港幣，兒童一千九百九十九。

乙：

## 二　短講練習

### 説　明

① 這個練習要求你按照已有的題目，完成一段短講。

② 準備 5 分鐘，可以寫出一個簡要的提綱，但不可寫成短文照讀。

③ 要求語音準確、語速適中、用詞正確、語意順暢。

根據下列題目做 1～2 分鐘的短講（大約 300 字）。

題目：海洋公園

### 提　示

你在説話的時候，可以確定一個順序，來描述海洋公園的景象或設施。例如，可以按照遊覽的順序，從山下到山上；也可以按照不同的景點性質分類介紹，先介紹娛樂設施，再介紹各種動植物；

當然也可以從左到右的順序或按照重要性的順序等。確定了順序，講起話來就心中有數了。要注意使用口語詞和自然語氣；避免簡單地羅列景點名稱。

## 提 綱

按照分類的順序：

1. 娛樂性的設施：各類機動遊戲機；

2. 動植物：海濤館、鯊魚館、熊貓館、海洋劇場；

3. 歷史性景觀：集古村。

## 三　會話練習

## 説 明

這個練習要求你設計一個特定情境中的會話，並由自己扮演會話雙方將會話完成。

① 先看插圖以及"情境提示"；

② 在心中設定一個場面和兩個或以上的説話者；

③ 根據設定的説話者的身份和口吻，以及特定的情境設計一段對話；

④ 開始自己與自己對話，對話總共不得少於 10 句。注意要有合乎邏輯的內容。

⑤ 完成自我對話後，再閱讀本書"附錄三"或 CD-ROM 內本單元的"會話示範"及聆聽範文的錄音，以資參考和對照。

題目：澳門一日遊

**情境提示**

　　對話的雙方有一位剛從澳門遊覽歸來。他遊覽了一些古蹟，如
"大三巴""炮台"等，但在進入賭場時遇到了麻煩。

　　為了練習"對話"，所以要避免簡單地羅列景點名稱。可以選
取一兩個主要景點作為對話的材料，重點在使用不同的口語詞進行
對話。

# 單元六 ●

# 吃點兒甚麼？
# （飲食）

訓練目標：

■ 能以“飲食”為基本話題進行聽說活動

■ 聽懂有關飲食方面的討論或介紹

■ 能用正確的語音、恰當的詞語講述與飲食有

關的經歷或意見

甲部 朗讀訓練

**講解**

　　朗讀中的重要技巧之一是停頓。適當的停頓對於正確表達文章的內容關係重大。通常來說，停頓可以分為語法性停頓和表達性停頓兩大類。而這兩大類又是相互關聯，不能截然分開的。

　　語法性的停頓，是指由於受到一定語法關係制約而出現的停頓。常見的如在主語和謂語之間的停頓："他們 // 都已經走了""天 // 灰蒙蒙的；地 // 黑沉沉的""山 // 朗潤起來了，水 // 漲起來了，太陽的臉 // 紅起來了""天 // 放晴了，太陽 // 出來了"。

　　謂語動詞和後面的賓語部份之間也常要停頓，特別是在較長的賓語部份之前常需停頓。如"那裡出現了 // 太陽的一小半""沒有 // 一片綠葉，沒有 // 一絲花香""士兵們抬着 // 巨大的水泥石塊"。但如果賓語很短，又與謂語動詞緊密結合，也可以不停頓，如"他吃了飯，揹上書包，走出門去"。

　　在較長的修飾語和被修飾成份之間，如定語或狀語與被修飾的成份之間，也常要停頓，特別是在較長的修飾語之後。如："我們的 // 船漸漸地 // 逼近榕樹了""這是為紀念二次大戰中 // 參戰的 // 勇士"巴尼拿起手邊的 // 斧子，狠命 // 朝樹身砍去"。

有關表達性的停頓將於下一單元講解。

練習朗讀時，要仔細聆聽 CD-ROM 內的示範錄音，可將其中的重要停頓用"//"或其他符號記錄下來。

## 一 詞語朗讀 ⌒

| shìjiè | xiāngjù | xǐshì | jièkǒu | zuómo | niú | shé | qí | zhuǎ | měiwèi |
|--------|---------|-------|--------|-------|-----|-----|-----|------|--------|
| 世界 | 相聚 | 喜事 | 藉口 | 琢磨 | 牛 | 蛇 | 鰭 | 爪 | 美味 |

| děngjí | shǒudāngqíchōng | lǎoshǔ | tuǐr | chìbǎng | yuānwang |
|--------|------------------|--------|------|---------|----------|
| 等級 | 首當其衝 | 老鼠 | 腿兒 | 翅膀 | 冤枉 |

### 講 解

琢磨：此詞在本篇課文中要讀輕聲 zuómo。如果讀成 zhuómó，則是對玉石等進行打磨和雕刻的意思。

發"蛇"音時要注意，不要發成"石頭"的"石"音。

## 二 課文朗讀 ⌒

Zhōngguórén shàn chī , zài shìjiè shang shì chū le míng de : Guò
中國人 善吃，在世界上是出了名的：過

xīnnián yào dà chī , Duānwǔ Jié yào dà chī , Zhōngqiū gèng yào dà chī ;
新年要大吃，端午節要大吃，中秋更要大吃；

Péngyou xiāngjù yào chī , gàobié hái yào chī ; Xǐshì yào chī , sāngshì yě yào
朋友相聚要吃，告別還要吃；喜事要吃，喪事也要

chī . Zhǐyào yǒu jièkǒu , zuómo chū ge míngmù , jiù yào lái yí dùn .
吃。只要有藉口，琢磨出個名目，就要來一頓。

Zhōngguórén chī de pínzhǒng zhī duō , kěyǐ shǐ wàiguórén chījīng .
中國人 吃 的 品種 之 多，可以 使 外國人 "吃驚"。

Wàiguórén shípǐn zhàodān quán chī yǐwài , Zhōngguórén hái chī xǔduō wàiguórén
外國人食品 照單 全 吃 以外， 中國人 還吃 許多 外國人

bú dà chī de dōngxi . Lìrú , zhū , niú , yáng de nèizàng la , chī !
不大 吃 的 東西。例如，豬、牛、羊 的 內臟 啦，吃！

Gǒu , shé , māo , hái yǒu wūguī , lǎoshǔ shénme de , dōu chī ! Zhìyú
狗、蛇、貓，還有 烏龜、老鼠 甚麼 的，都 吃！至於

shāyú de qí , yànzi de wō , xióng de zhǎng , hóu de nǎo , nà kě shì
鯊魚 的 鰭、燕子 的 窩、 熊 的 掌、猴 的 腦，那 可是

nándé de měiwèi le , gèng chī !
難得 的 美味 了，更 吃！

Lùn qǐ chī de běnlǐng lái , Zhōngguórén dāng zhōng yě kě huàfēn
論起 "吃" 的 本領 來， 中國人 當 中 也 可 劃分

wéi bútóng děngjí , shǒudāngqíchōng de yào suàn Guǎngdōngrén le . Zǎo jiù
為 不同 等級， 首當其衝 的 要 算 廣東人 了。早 就

tīng rén shuōguo , sì tiáo tuǐr de , chúle dèngzi ; dài chìbǎng de ,
聽人 說過，四 條 腿兒 的，除了 櫈子；帶 翅膀 的，

chúle fēijī , Guǎngdōngrén méiyǒu bù chī de ! Zhè huà suīrán yǒu diǎnr
除了 飛機， 廣東人 沒有 不 吃 的！這 話 雖然 有 點兒

kuāzhāng , kě yě bú suàn yuānwang Guǎngdōngrén .
誇張，可 也 不 算 冤枉 廣東人 。

## 講 解

琢磨：思索、考慮的意思。

"四條腿兒"的"腿兒"應讀成兒化韻。

朗讀這篇課文，應使用幽默的口吻。

## 一　詞語聆聽

### （一）詞語聽辨 🎧

説明

① 一邊聽錄音，一邊做練習。先不要馬上重複聆聽，因為第一遍的聆聽辨詞最能測驗你現有的聽力；

② 再次收聽錄音，儘量將第一遍聆聽時沒有聽清楚，或聽錯的地方聽懂，以修正答案；

③ 核對課文後的答案；重新聆聽答錯的詞語，並將該詞語練習讀出及加以記憶；

④ 朗讀員會將每一題的詞語連讀兩次。請根據錄音中的語音，在該題所列的 4 個詞語中選取朗讀員讀出的詞語，並在書中填上或在 CD-ROM 光盤中剔選所屬的英文字母。

例如：

> 聽錄音　　詳細；詳細
>
> 選擇　　　A. 強勢　B. 嘗試　C. 詳細　D. 賞識
>
> 填 / 選答案　答案：_C_（在 CD-ROM 光盤中，則用鼠標剔選答案。）

1. A. 辛苦　　B. 幸福　　C. 杏核　　D. 星河　　　答案：＿＿＿＿

2. A. 清蒸　　B. 清真　　C. 請見　　D. 親政　　　答案：＿＿＿＿

3. A. 死板　　B. 石斑　　C. 洗盤　　D. 試辦　　　答案：＿＿＿＿

4. A. 盆子　　B. 瓶子　　C. 盤子　　D. 棚子　　　答案：＿＿＿＿

5. A. 使勁　　B. 濕巾　　C. 十斤　　D. 什錦　　　答案：＿＿＿＿

6. A. 人生　　B. 人參　　C. 認生　　D. 韌性　　　答案：＿＿＿＿

7. A. 煎魚　　B. 陣雨　　C. 監獄　　D. 近於　　　答案：＿＿＿＿

8. A. 時菜　　B. 蔬菜　　C. 素菜　　D. 熟菜　　　答案：＿＿＿＿

9. A. 草鞋　　B. 潮汐　　C. 抄襲　　D. 炒蟹　　　答案：＿＿＿＿

10. A. 餘下　　B. 魚蝦　　C. 龍蝦　　D. 餘暇　　　答案：＿＿＿＿

## （二）詞語聽寫

### 説 明

① 錄音中，每題讀出一個句子，每句讀兩遍。在第一遍之後將重複讀出句中一個詞語。

② 根據錄音，在書中將重複讀出的詞語寫出；或在 CD-ROM 中，用鼠標選擇答案。

| | |
|---|---|
| 11 _____ | 16. _____ |
| 12. _____ | 17. _____ |
| 13 _____ | 18. _____ |
| 14. _____ | 19. _____ |
| 15. _____ | 20. _____ |

## （三）詞語聽選 🎧

**說明**

① 聆聽每題錄音之前，先迅速看一下文字題目，了解句子大意。

② 收聽錄音內容，從朗讀員讀出的 4 個詞語中選取適當的詞語，並寫出代表它的英文字母。（在 CD-ROM 中，請先試作答，或顯示答案選擇後剔選。）

21. 我真餓得 _____，快給我一個漢堡包。　　　答案：_____

22. _____ 我是你，我一定去赴宴。　　　答案：_____

23. 別客氣，再來點 _____？　　　　　　　答案：_____

24. 你見過白 _____ 嗎？我覺的白的比黃的好吃。　答案：_____

25. 要想 _____，多吃蔬菜和水果。　　　　答案：_____


## 二　短句聆聽 🎧

### 説 明

① 收聽錄音，錄音中將有幾個對話短句。

② 根據錄音中的説話內容，選擇一個適當答案，並將代表這個
答案的字母填寫在該題的答案線上。（在 CD-ROM 中，請先
顯示題目，再選答案。）

例如：

> | 聽錄音 | 男：為花了點兒錢就大吵一通，又讓人家看了場好戲。 |
> |---|---|
> | | 問：説話人是甚麼意思？ |
> | 選擇 | A. 不該演戲　B. 戲票太貴　C. 炒賣蝕本　D. 不該吵架 |
> | 填/選答案 | 答案：_D_（在 CD-ROM 光盤中，則用鼠標剔選答案。） |

26. A. 溫的時候

　B. 涼了以後

　C. 很熱的時候

　D. 任何時候　　　　　　　　　　　　答案：_____

27. A. 是表裡如一的人

　B. 是非常虛偽的人

C. 是文靜的人

D. 有時很直爽，有時很沉默　　　　　　　答案：＿＿＿＿＿＿

28. A. 不多

    B. 沒表示

    C. 很多

    D. 適當　　　　　　　　　　　　　　　答案：＿＿＿＿＿＿

29. A. 12:30，正好去吃飯

    B. 12:15，最好去吃飯

    C. 12:45，該去吃飯了

    D. 差一刻一點，等一等再去吃飯　　　　答案：＿＿＿＿＿＿

30. A. 他要嚐一嚐味道

    B. 他要估計一下價錢

    C. 他想稱一稱份量

    D. 他去問問價錢　　　　　　　　　　　答案：＿＿＿＿＿＿

## 三　對話聆聽 🎧

### 說明

① 先快速看一遍題目，了解題目大意；.

② 收聽錄音，並可邊聽邊做簡要記錄；

③ 在題目所列的 4 個答案中選出最恰當的一個，並將代表這個答案的字母寫在答案線上（在 CD-ROM 中，可以鼠標剔選）。有時可能有多個答案都是 "可以" 的，但根據錄音中

的內容，要選一個 "最恰當" 的。

31. 誰最先發明的巧克力？

    A. 古印度人

    B. 古代印地安人

    C. 西班牙人

    D. 叫彼得的人　　　　　　　　　　答案：＿＿＿＿

32. 又苦又辣的巧克力怎麼變成了美味的巧克力糖？

    A. 加進甘蔗汁兒、香料和牛奶

    B. 加了糖和香料

    C. 加了果仁兒、蜂蜜和牛奶

    D. 加了香料、可可粉和糖　　　　　答案：＿＿＿＿

33. 彼得是哪國人？

    A. 瑞士人

    B. 瑞典人

    C. 西班牙人

    D. 印地安人　　　　　　　　　　　答案：＿＿＿＿

34. 多吃巧克力，結果會怎樣？

    A. 越來越健康

    B. 食慾越來越好

    C. 可以減肥

    D. 越來越胖　　　　　　　　　　　答案：＿＿＿＿

35. 在這段對話中，下列哪種巧克力的名稱沒有提到？

    A. 香草巧克力

B. 果仁巧克力

C. 花生巧克力

D. 奶油巧克力 答案：_____

## 講 解

聆聽較長的對話要注意學會做簡要記錄，特別是要記下那些細節，如時間、地點、數字等。因為錄音聽完之後要依靠記錄回答多個問題。

問題的類型是多樣的。一般有問細節的，有問大意的，有問言外之意的，也有問語音方面的。回答問題時要靠記憶和綜合理解。

## 四 短文聆聽

## 説 明

① 快速看一下題目中的問題，以了解短文所可能涉及的內容；

② 認真收聽錄音一遍，同時做出必要的、簡明的記錄；

③ 回答問題。由於供選擇的答案都是容易混淆的，其中只有一個是適當的。所以要看完 4 個選擇之後，再作出判斷。

36. 四神豬肚湯需要哪四味藥材？

A. 茯苓、人參、芡實、蓮子

B. 茯苓、薏苡仁、花旗參、蓮子

C. 茯苓、花生仁、芡實、瓜子

D. 茯苓、薏苡仁、芡實、蓮子 答案：_____

37. 四神豬肚湯中，藥材的用量哪個是對的？

　　A. 除了薏苡仁 2 錢外，其餘三味都是 5 錢。

　　B. 所有的藥材用量都是 2 錢。

　　C. 四味藥材中，有一味是 5 錢，別的都是 2 錢。

　　D. 所有的藥材用量都是 5 錢。　　　　　答案：＿＿＿＿

38. 做這個湯要特別注意的是——

　　A. 豬肚的燉法

　　B. 豬肚的切法

　　C. 豬肚的煮法

　　D. 豬肚的洗法　　　　　　　　　　　　答案：＿＿＿＿

39. 為甚麼要用酒和白醋搓洗豬肚？

　　A. 可以消除腥臭

　　B. 可以使豬肚變軟

　　C. 可以使豬肚變白

　　D. 可以消除油膩　　　　　　　　　　　答案：＿＿＿＿

40. 喝了湯，有甚麼好處？

　　A. 補中益氣

　　B. 開胃健脾

　　C. 舒肝活血

　　D. 祛風止痛　　　　　　　　　　　　　答案：＿＿＿＿

講解

　　以上的問題主要是考察你對短文內容的理解。當然，也有涉及細節或語音的問題。例如，在上段錄音中，“作料”的“作”字在口語中可讀成陽平調，而不是去聲調；"料"也是兒化韻，讀"料兒"並輕聲；"蓮子"的"子"不是輕聲；"豬肚"的"肚"讀上聲，指用作食物的動物的胃，如"豬肚"、"羊肚"等。不同於讀去聲的"肚子"dùzi。

丙
部 說話訓練

---

説明

　　説話訓練部份共有 3 項內容。第一是 "對話練習"；第二是 "短講練習"；第三是 "會話練習"。

　　這三種練習的方法不同，請閱讀每種練習前面的 "説明"。

---

一　對話練習

---

説明

　　本練習要求你將一段對話補充完整。

① 下面已有對話中的甲方説話內容，現假設你（乙方）正與甲方對話。請先閱讀甲方説話的文字內容，以了解甲方想表達的意思，並用一兩分鐘考慮一下，你應當如何與甲方説話。

② 打開 CD-ROM 光盤，每聽完錄音中甲方的一句話，跟着就説出一句你認為應當回應的話。注意：不要聆聽錄音和回應對話，要跟隨甲方的速度，將此篇對話完成。你的話要與對方的話互相呼應，內容相連。

③ 作為乙方的你，在與甲方"對話"時，所使用的句子，在字數方面也要與甲方大致相當。例如，甲方說出一句約 10 個字的話，你的對話也應在 7～12 個字之間為宜。

④ 只要符合上面的要求，你可以盡可能多地使用不同的對話（通常至少應當想出 3 種不同的對話）。以下僅提供一種可能的對話，供你參考：

> 甲：你怎麼還不去吃午飯？
>
> 乙：
>
> 甲：再忙也得吃飯啊！人是鐵，飯是鋼嘛！
>
> 乙：
>
> 你可以這樣回答：
>
> 甲：你怎麼還不去吃午飯？
>
> 乙：這麼多的事還沒做完呢！
>
> 　　（或：瞧！這麼多工作，哪有時間吃飯哪！）
>
> 甲：再忙也要吃飯啊！人是鐵，飯是鋼嘛！
>
> 乙：工作要緊，等我做完這件事就去吃。
>
> 　　（或：一頓不吃沒關係，我已經習慣了。）

請完成下面的對話練習： 🎧

甲：小李，今晚到我家喝兩杯，怎麼樣？

乙：

甲：喜事倒沒甚麼，只是我新請了一位女傭。

乙：

甲：你別沒正經兒的！那女傭做一手好菜，想請你開開胃。

乙：

甲：地道的滬菜。

乙：

甲：滬菜就是上海菜，我的家鄉菜。

乙：

甲：那就明晚帶太太一塊兒來啦。

乙：

甲：沒關係，多放點辣椒不就行了？

乙：

甲：別管甚麼滬菜、川菜，好吃就成！

## 二 短講練習

### 説明

① 這個練習要求你先聽一段錄音，然後完成一段約 1～2 分鐘的短講（大約 300 字）。説話時要對錄音中的主要內容發表意見。錄音可以重複聆聽，直到全聽懂了為止。

② 準備 5 分鐘，可以寫出一個簡要的提綱，但不可寫成短文照讀。

③ 要求語音準確、語速適中、用詞正確、語意順暢。

④ 注意要有邏輯性地表達自己的思想和意見。

題目：自助餐

1. 要想講得好，建議你要先有一個較明確的觀點，然後再説明這個觀點。説明觀點時要有層次性，不能混亂，有條不紊。

2. 注意口語性。要設想是在對着一位朋友説話，而不是在背誦短文。

3. 自助餐的好處：口味自由；數量不限。吃自助餐要注意兩點：食物搭配；控制數量。舉例，朋友吃壞了胃口。

## 三 會話練習

這個練習是要求你設計一個特定情境中的會話，並由自己扮演會話雙方將會話完成。

① 閲讀題目，以及"情境提示"；

② 在心中設定一個場面和兩個或以上的説話者；

③ 根據設定的説話者的身份和口吻，以及特定的情境設計一段對話；

④ 開始自己與自己對話，對話總共不得少於 10 句。注意要有合乎邏輯的內容。

⑤ 完成自我對話後，再閲讀本書"附錄三"或 CD-ROM 內本單元的"會話示範"及聆聽範文的錄音，以資參考和對照。

題目：在餐廳裡

**情境提示**

　　男女二人在餐廳裡。男的在勸女的多吃,包括乳鴿、牛排、龍蝦、羅宋湯、雞丁沙拉、冰淇淋、三文治等。但是女的因為正在減肥,不斷推辭。但最後還是各取所需地吃完了這頓飯。

**講解**

　　對話是一種無文字憑藉的語言交流活動。與單人短講不同之處在於這種說話一般存在於兩人之間。所以這需要運用聆聽與說話的兩種技能。

　　對話的要點在於要能"對"得上。即兩個說話人的說話內容和語句要有緊密的關聯。

　　對話有對話的口語特性,如使用較多的"真的?""可不是嗎?""不行!"等短語做為對話間的銜接,以及較多問答句等。

　　本節的"會話示範"僅是樣本,實際的對話可能會是多種多樣的。範文中的語句可供學習參考之用。

# 單元七 ●
## 周末消遣
## （娛樂）

訓練目標：

■ 能以"消遣"和"娛樂"為基本話題進行聽
　說活動

■ 聽懂有關消遣和娛樂方面的討論或介紹

■ 用正確的語音、恰當的詞語講述與消遣和娛
　樂有關的經歷或意見

甲 部 朗讀訓練

**講解**

　　停頓也是朗讀技巧之一。最重要的停頓是語法性的停頓，其次還有表達性的停頓。語法性的停頓在單元六已討論過，這裡主要介紹表達性的停頓。所謂表達性的停頓主要指因特別的表達需要的停頓。例如："住嘴，再說，我可要 // 生氣了"這句話中"我可要 // 生氣了"其中的停頓是為了強調表達停頓之後的"生氣了"這個意思，其中有警告的含意。再如："周末銅鑼灣的人很多，簡直可以算作 // 香港一景"。"香港一景"前面的停頓也是因強調而出現的。再如下面的對話中的停頓：

　　甲：你怎麼 // 這麼晚 // 才回來？

　　乙：我上一個 // 朋友家去了！

　　甲：我看 // 是 /// 男朋友吧？

　　乙：你可真是個 /// 大傻瓜！

　　對話中的停頓，都與表達有着密切的關係。如果停頓的位置和時間發生了變化，句子的含意也會改變。如上面最後一句如改成"你

// 可真是個大傻瓜"，就不能充分表現出說話人的天真和調皮，口氣便沉穩老練多了。

## 一　詞語朗讀 🎧

| sì jì | chēshuǐ-mǎlóng | diǎn zú | nàzhènr | jīngshentóur |
|---|---|---|---|---|
| 四 季 | 車水馬龍 | 踮 足 | 那陣兒 | 精神頭兒 |

| diànyǐngr | jiǎnzhí | qiáoshǒu | lǐbàitiān | shìr | xiángōngfu |
|---|---|---|---|---|---|
| 電影兒 | 簡直 | 翹首 | 禮拜天 | 事兒 | 閒工夫 |

| qínkuai | rènao | jìnr | shēnglóng-huóhǔ |
|---|---|---|---|
| 勤快 | 熱鬧 | 勁兒 | 生龍活虎 |

### 講 解

那陣兒：口語詞，即"那時候"。陣兒，兒化。

好好兒：第一個"好"讀半三聲，第二個"好"變調讀一聲，同時兒化韻。

精神頭兒：表現出來的活力和勁頭。頭兒，兒化韻。

電影兒：要讀成兒化。

## 二　課文朗讀 🎧

Wèn guò hěnduō péngyou , yì xīngqī dāngzhōng , zuì bú xǐhuan nǎ
問 過 很 多 朋友，一 星期 當 中，最 不 喜歡 哪

yì tiān ?
一 天 ?

Dàjiā dōu bùyuē'értóng de shuō : Xīngqīyī . Ér zuì xǐhuan de shì
大家 都 不約而同 地 說："星期一"。而 最 喜歡 的 是

nǎ tiān ne ?
哪 天 呢？

Bú yòng wèn le , zǒu chūqu kànyikàn , nǎ tiān rénmen zuì jīngshen ,
不 用 問 了，走 出去 看一看，哪 天 人們 最 精神、

mǎnmiàn xiàoróng ?
滿面 笑容？

Dàoguo Tóngluówān de rén , shuí dōu zhīdào , nàr yìniánsìjì ,
到過 銅鑼灣 的 人，誰 都 知道，那兒 一年四季，

chēshuǐ-mǎlóng . Ér měidào zhōumò , nàr gèng shì rénshān-rénhǎi . Zài
車水馬龍。而 每 到 周末，那兒 更 是 人山人海。在

Shídài Guǎngchǎng ménkǒu děng yuēhuì de rén jiǎnzhí kěyǐ suànzuò 'Xiānggǎng
時代 廣場 門口 等 約會 的 人 簡直 可以 算作 " 香港

yì jǐng'. Nǐ zài dào gè dìtiězhàn xiàmian de Héngshēng Yínháng fùjìn
一景"。你 再 到 各 地鐵站 下面 的 恆生 銀行 附近

qiáoqiáo , hē ! Zhànmǎnle shēn jǐng diǎn zú , qiáoshǒu zhāngwàng de rén !
瞧瞧，呵！站 滿了 伸 頸 踮 足、翹首 張望 的 人！

Gàn ma ?
幹 嘛？

Děng rén !
等 人！

Shuō lái yě zhēn qíguài , píngshí gōngzuò máng nà zhènr , zǒng
說 來 也 真 奇怪，平時 工作 忙 那 陣兒，總

pànwàngzhe zhōumò huíjiā hǎohāor shuì shang yí jiào . Kě yí dàole xīngqīwǔ
盼望着 周末 回家 好好兒 睡 上 一 覺。可 一 到 了 星期五

de wǎnshang , jīngshentóur fǎndào shànglái le . Yúshì nǐ jiù kěyǐ kàndào
的 晚上，精神頭兒 反倒 上來 了。於是 你 就 可以 看到

gāngcái de yuēhuì chǎngmiàn !
剛才 的 約會 場面！

Zhōumò de huódòng fēngfù-duōcǎi . Yǒude quánjiā yìqǐ shàng jiǔlóu
周末 的 活動 豐富多彩。有的 全家 一起 上 酒樓

jùcān , yǒude yuē péngyou qù chàng kǎlā' ōukèi , yǒurén qù kàn diànyǐngr ,
聚餐，有的 約 朋友 去 唱 卡拉 OK，有人 去 看 電影兒，

yǒurén zài gōngdǎ sìfāng chéng . Lǐbàitiān de shìr jiù gèng duō le :
有人 在 攻打 "四方 城"。禮拜天 的 事兒 就 更 多 了：

yǒu xìnyǎng de qù jiàotáng , yǒu xiángōngfu de hē zǎochá , tuǐ qínkuai de qù
有 信仰 的 去 教堂，有 閒工夫 的 喝 早茶，腿 勤快 的 去

páshān , mǎmímen diànjì zhe páomǎchǎng . Gè máng gè de , qiáo nàge
爬山，馬迷們 掂記 着 跑馬場。各 忙 各 的，瞧 那個

rènao jìnr , béng tí le !
熱鬧 勁兒，甭 提 了！

Guài bude yǒurén xíngróng : shēnglóng-huóhǔ de xīngqīrì ,
怪 不 得 有人 形容： 生龍活虎 的 星期日，

jīnpí-lìjìn de xīngqīyī .
筋疲力盡 的 星期一。

## 講 解

閒工夫：沒事做的時間。"工夫"是"時間""空兒"的意思。

熱鬧勁兒：熱鬧的情緒、精神。怪不得——表明了原因，對某種事情就不覺得奇怪。

爬山：普通話習慣説"爬山"，即登山之意；不説"行山"。

"可一到了星期五"中的"可"，是"可是"的意思，表示轉折之意常用於口語。

"好好兒"的後一個"好兒"讀陰平調。

"甭"，是常見口語副詞，意為"不用""不必"。如，"甭説了""甭想了"。

乙
部 聆聽訓練

## 一 詞語聆聽

（一）詞語聽辨 🎧

説明

① 一邊聽錄音，一邊做練習。先不要馬上重複聆聽，因為第一遍的聆聽辨詞最能測驗你現有的聽力；

② 再次收聽錄音，儘量將第一遍聆聽時沒有聽清楚，或聽錯的地方聽懂，以修正答案；

③ 核對課文後的答案；重新聆聽答錯的詞語，並將該詞語練習讀出及加以記憶；

④ 朗讀員會將每一題的詞語連讀兩次。請根據錄音中的語音，在該題所列的 4 個詞語中選取朗讀員讀出的詞語，並在書中填上或在 CD-ROM 光盤中剔選所屬的英文字母。

聽錄音　　詳細；詳細

選擇　　　A. 強勢　B. 嘗試　C. 詳細　D. 賞識

填 / 選答案　答案：<u>C</u>（在 CD-ROM 光盤中，則用鼠標剔選答案。）

1. A. 客席　　B. 和氣　　C. 火熄　　D. 可惜　　　答案：＿＿＿＿

2. A. 欣賞　　B. 心想　　C. 新鄉　　D. 印象　　　答案：＿＿＿＿

3. A. 只許　　B. 植樹　　C. 秩序　　D. 繼續　　　答案：＿＿＿＿

4. A. 綜合　　B. 總行　　C. 棕黃　　D. 縱橫　　　答案：＿＿＿＿

5. A. 星相　　B. 形象　　C. 影像　　D. 心想　　　答案：＿＿＿＿

6. A. 機長　　B. 記賬　　C. 幾丈　　D. 擊掌　　　答案：＿＿＿＿

7. A. 四秒　　B. 細描　　C. 寺廟　　D. 熄滅　　　答案：＿＿＿＿

8. A. 布舖　　B. 不服　　C. 瀑布　　D. 匍匐　　　答案：＿＿＿＿

9. A. 旅遊　　B. 綠油　　C. 路友　　D. 鱸魚　　　答案：＿＿＿＿

10. A. 五道　　B. 誤導　　C. 屋倒　　D. 舞蹈　　　答案：＿＿＿＿

（二）詞語聽寫

**説明**

① 錄音中，每題讀出一個句子，每句讀兩遍。在第一遍之後將重複讀出句中一個詞語。

② 根據錄音，在書中將重複讀出的詞語寫出；或在 CD-ROM 中，用鼠標選擇答案。

例如：

> 聽錄音　　他是我們公司的老客戶。客戶……他是我們公司的老客戶。
>
> 填 / 選答案　答案：客戶（在 CD-ROM 光盤中，則用鼠標剔選答案。）

| | |
|---|---|
| 11. _____ | 16. _____ |
| 12. _____ | 17. _____ |
| 13. _____ | 18. _____ |
| 14. _____ | 19. _____ |
| 15. _____ | 20. _____ |

**講 解**

　　加塞兒：不守秩序，插進排好的隊伍裡，通常說"插隊"。

## （三）詞語聽選 🎧

**說 明**

　①聆聽每題錄音之前，先迅速看一下文字題目，了解句子大意。

　②收聽錄音內容，從朗讀員讀出的 4 個詞語中選取適當的詞
　　語，並寫出代表它的英文字母。（在 CD-ROM 中，請先試作
　　答，或顯示答案選擇後剔選。）

例如：

> 看題目　　我的 _____ 是說，這個方案不一定可行。
>
> 聽錄音　　A. 意思　B. 意識　C. 意義　D. 意志
>
> 填 / 選答案　答案：A（在 CD-ROM 光盤中，則用鼠標剔選答案。）

21. 經過一番曲折，事情 ＿＿＿＿＿＿＿ 成功了！　　答案：＿＿＿＿

22. 周末，那兒總是人山人海，＿＿＿＿＿＿＿ 極了。　　答案：＿＿＿＿

23. 那些古老的村落，＿＿＿＿＿＿＿ 十分嚴謹，又古

　　樸又典雅。　　答案：＿＿＿＿

24. 談到孩子不聽話，不 ＿＿＿＿＿＿＿ 學習，他露出

　　一臉無可奈何的表情。　　答案：＿＿＿＿

25. 要不是她周六提醒我，我早把這事 ＿＿＿＿＿＿＿

　　在腦後了。　　答案：＿＿＿＿

## 二　短句聆聽 🎧

説明

① 收聽錄音，錄音中將有幾個對話短句。

② 根據錄音中的説話內容，選擇一個適當答案，並將代表這個
答案的字母填寫在該題的答案線上。（在 CD-ROM 中，請先
顯示題目，再選答案。）

例如：

> 聽錄音　　男：為花了點兒錢就大吵一通，又讓人家看了場好戲。
>
> 　　　　　問：説話人是甚麼意思？
>
> 選擇　　　A. 不該演戲　B. 戲票太貴　C. 炒賣蝕本　D. 不該吵架
>
> 填/選答案　答案：D（在 CD-ROM 光盤中，則用鼠標剔選答案。）

26. A. 多謝了

　　B. 說話要嚴肅

　　C. 別湊仔了

　　D. 別開玩笑了　　　　　　　　　　　答案：＿＿＿＿＿

27. A. 貶斥

　　B. 褒揚

　　C. 諷刺

　　D. 憐憫　　　　　　　　　　　　　　答案：＿＿＿＿＿

28. A. 對方令人作嘔

　　B. 對方行為可疑

　　C. 對方精神振奮

　　D. 對方想睡覺　　　　　　　　　　　答案：＿＿＿＿＿

29. A. 不知道該說甚麼

　　B. 忘了正在說甚麼

　　C. 你別這麼說

　　D. 到哪裡去說呢　　　　　　　　　　答案：＿＿＿＿＿

30. A. 眼睛看到了

　　B. 馬上

　　C. 很清楚

　　D. 估計　　　　　　　　　　　　　　答案：＿＿＿＿＿

講解

　　　注意這裡使用很多口語中常用的詞語，而這些詞語的意思又不是字面的意思。如“眼看”是“馬上就要……”的意思，而不是“用

眼睛看"的意思。"説到哪兒去了""別看……""別逗了"等都別有
意思。

## 三 對話聆聽

**説 明**

① 先快速看一遍題目，了解題目大意；

② 收聽錄音，並可邊聽邊做簡要記錄；

③ 在題目所列的 4 個答案中選出最恰當的一個，並將代表這
個答案的字母寫在答案線上（在 CD-ROM 中，可以鼠標剔
選）。有時可能有多個答案都是"可以"的，但根據錄音中
的內容，要選一個"最恰當"的。

31. "笨豬跳"在這裡是甚麼意思？

A. 一種西方菜式

B. 一種體育運動

C. 一種驚險遊戲

D. 一種動感電影　　　　　　　　　　　答案：＿＿＿＿

32. "沒治了"在男的嘴裡是甚麼意思？

A. 好得不得了

B. 沒有辦法醫治

C. 糟了

D. 沒有辦法挽回　　　　　　　　　　　答案：＿＿＿＿

33. 女的為甚麼拒絕了男的邀請？

　A. 因為要買保險

　B. 因為太忙

　C. 因為太刺激

　D. 因為不安全　　　　　　　　　　答案：＿＿＿＿＿

34. 為甚麼要簽"生死狀"？

　A. 防止意外

　B. 玩命

　C. 吃飽了撐的

　D. 安全檢查　　　　　　　　　　　答案：＿＿＿＿＿

35. 這段對話的結果怎樣？

　A. 互相不服氣

　B. 各行其是

　C. 男的說服了女的

　D. 女的說服了男的　　　　　　　　答案：＿＿＿＿＿

講 解

　　這裡提到的"笨豬跳"是對英文 Bungee Jumping 的譯寫（音譯加意譯）。該詞亦被寫為"蹦極""綁緊跳"，或意譯為"高空彈跳"。

　　注意這裡的口語詞用法。如"沒治了""玩兒命""得""饒了我吧""拉倒"等。這些詞有特定的含意，不能只從字面去理解。

## 四　短文聆聽

**說明**

① 快速看一下題目中的問題，以了解短文所可能涉及的內容；

② 認真收聽錄音一遍，同時做出必要的、簡明的記錄；

③ 回答問題。由於供選擇的答案都是容易混淆的，其中只有一個是適當的。所以要看完 4 個選擇答案之後，再作出判斷。

36. 說話人對兩位老人的態度是

A. 厭惡的

B. 喜愛的

C. 批判的

D. 讚揚的　　　　　　　　　　　　答案：＿＿＿＿＿

37. 兩位下棋者的棋藝如何？

A. 都非常糟

B. 都非常好

C. 水準差異很大

D. 未表現出來　　　　　　　　　　答案：＿＿＿＿＿

38. 兩人下棋，為甚麼會發生爭論？

A. 因為對方悔棋

B. 因為對方棋藝太高

C. 因為兩人都爭強好勝

D. 因為兩人太認真　　　　　　　　答案：＿＿＿＿＿

39. 兩人爭論到最後有甚麼結果？

A. 面紅耳赤

B. 忿然而去

C. 互不相讓

D. 相互妥協　　　　　　　　　　　答案：＿＿＿＿＿＿

40. 你估計說話的人可能是——

A. 很會下棋

B. 不會下棋

C. 臭棋簍子

D. 特別天真　　　　　　　　　　　答案：＿＿＿＿＿＿

**講 解**

　　"臭"在指人的某一方面技藝時，意為技藝拙劣，"臭棋"即棋藝很差。

　　"不怎麼樣"意為不太好或較差。

丙 部 說話訓練

說　明

　　說話訓練部份共有 3 項內容。第一是"對話練習";第二是"短講練習";第三是"會話練習"。

　　這三種練習的方法不同,請閱讀每種練習前面的"說明"。

## 一　對話練習

說　明

本練習要求你將一段對話補充完整。

① 下面已有對話中的甲方說話內容,現假設你(乙方)正與甲方對話。請先閱讀甲方說話的文字內容,以了解甲方想表達的意思,並用一兩分鐘考慮一下,你應當如何與甲方說話。

② 打開 CD-ROM 光盤,每聽完錄音中甲方的一句話,跟着就說出一句你認為應當回應的話。注意:不要停止聆聽錄音和回應對話,要跟隨甲方的速度,將此篇對話完成。你的話要與

對方的話互相呼應，內容相連。

③ 作為乙方的你，在與甲方"對話"時，所使用的句子，在字數方面也要與甲方大致相當。例如，甲方說出一句約 10 個字的話，你的對話也應在 7～12 個字之間為宜。

④ 只要符合上面的要求，你可以儘可能多地使用不同的對話（通常至少應當想出 3 種不同的對話）。以下僅提供一種可能的對話，供你參考：

甲：你為甚麼還不去吃午飯？

乙：

甲：再忙也得吃飯啊！人是鐵，飯是鋼嘛！

乙：

你可以這樣回答：

甲：你為甚麼還不去吃午飯？

乙：這麼多的事還沒做完呢！

（或：瞧！這麼多工作，哪有時間吃飯哪！）

甲：再忙也要吃飯啊！人是鐵，飯是鋼嘛！

乙：工作要緊，等我做完這件事就去吃。

（或：一頓不吃沒關係，我已經習慣了。）

請完成下面的對話練習：

甲：小王，聽說你很喜歡游泳？還得過甚麼獎？

乙：

甲：甚麼算是靜的運動呢？

乙：

甲：慢動作？

乙：

甲：噢，你好上太極拳了？

乙：

甲：那是甚麼運動？太極拳已經夠慢了。

乙：

甲：氣功？

## 二　短講練習

① 這個練習要求你按照已有的題目，完成一段短講。

② 準備 5 分鐘，可以寫出一個簡要的提綱，但不可寫成短文照讀。

③ 要求語音準確、語速適中、用詞正確、語意順暢。

根據下列題目做約 2 分鐘的短講（大約 300 字）。

題目：談談你最喜歡的電視節目

## ■ 翡翠台
"易錄寶"指引台號 ①

機甲防衛隊
香港早晨
英語一分鐘
至 Net 小人類
小淘氣 Smile
機動武神傳

## ■ 明珠台
"易錄寶"指引台號 ③

台灣電視台新聞
中國新聞
ABC 世界新聞

## ■ 鳳凰衛視中文台
"易錄寶"指引台號 ⑦

今日頭條
鳳凰早班車
鳳凰氣象站
體壇消息
今日頭條

## ■ 衛視體育台
"易錄寶"指引台號 ⑤

Kardio 韻律操
全年賽車回顧
PGA 高爾夫球巡迴賽

## ■ 本港台
"易錄寶"指引台號 ②

等愛的女人 II
晨早新聞
天線得得 B
仲捉你唔到
神鵰俠侶（PG）
我來自潮州（PG）

## ■ 國際台
"易錄寶"指引台號 ④

中國新聞快訊
台灣新聞快訊

## ■ 電影 1 台
"易錄寶"指引台號 ㉒

虎猛威龍
七月又十四之信不信由你
女兒當自強
殺手的童話
黑色迷牆

## ■ Discovery
"易錄寶"指引台號 ㉙

勇闖天涯
旅店風情
世界嘉年華
通俗科學

開頭：最愛看電視。

1. 新聞（國際、香港）

2. 電視連續劇（歷史片兒）

3. 體育節目（足球）

4. 其他（紀錄片兒等）

本節示範是一篇出自男青年之口的短講，注意其間個性化的口語。

## 三　會話練習

這個練習是要求你設計一個特定情境中的會話，並由自己扮演會話雙方將會話完成。

① 先聆聽一段有關個人愛好的對話錄音，然後自行做對話練習；

② 要在心中設定兩個説話者，以及兩人對錄音內容的大概意見；

③ 根據設定的説話者的身份和口吻，以及特定的情境設計一段對話；

④ 開始自己與自己對話，對話總共不得少於 10 句。注意要與錄音中的內容有關但可不局限於錄音中的內容；

⑤ 完成自我對話後，再閱讀本書"附錄三"或 CD-ROM 內本單元的"會話示範"及聆聽範文的錄音，以資參考和對照。

題目：他倆為甚麼吵架？

講 解

　　"他那位太太也太那個了。"（見本書"附錄三"或 CD-ROM 內本單元的"會話示範"）"太那個了"在口語中是一種委婉的批評語，指某人做法不妥。如："我不是説老闆的壞話，不過，那天他説的話也太那個了點兒。"

# 單元八 ●
## 龍舟比賽
## （習俗）

訓練目標：

■ 能以"節日"或"習俗"為基本話題進行聽
　說活動

■ 聽懂有關節日和習俗方面的討論或介紹

■ 能用正確的語音、恰當的詞語講述與節日和
　習俗有關的故事或意見

**甲部** 朗讀訓練

**講解**

　　語氣的表達是朗讀的重要技巧之一。要注意，"語氣"這個概念是比較含混的，有時指"語調"，有時指"口吻"，有時又指對陳述、疑問、祈使和感嘆等 4 種句式和表達等。在本單元的課文朗讀中，主要指"人物的口吻"。

　　在朗讀故事或對話時，往往會遇到兩個以上的人物。這些人物的年齡、性別、性格等，各有不同。不同的人物在説話時，會表現出不同的語氣來。例如，在本篇朗讀課文中，媽媽和女兒的對話就應當使用不同的語氣或口吻。媽媽的口吻比較穩重、成熟；小女孩的話，就應當天真、活潑。在朗讀時，要注意表現出母親與女兒的語氣特點。朗讀母親的語句，語速可以稍慢，聲調可略為低沉；朗讀女兒的語句，語速可以稍快，聲調可以略高。兩個人物的語氣應有明顯的區別，讓聆聽者可以分辨出不同的人物角色。

　　要注意的是，朗讀者本人的聲音是朗讀的基礎聲音。在表現不同人物角色的時候，不能刻意改變朗讀者的自然狀態，以追求模仿效果，否則便不成為朗讀，而變成一種口技表演了。例如，一位男中音朗讀者，不應為表現一位小女孩兒說話，而把嗓音變成尖高細聲，否則，便會弄巧成拙，失去了朗讀者聲音的統一性和基礎。

## 一　詞語朗讀

| lìjiǎo | dìr | Duānwǔ Jié | Qū Yuán | Qínguó | bǐsài | xísú |
|--------|-----|------------|---------|--------|-------|------|
| 立腳 | 地兒 | 端午節 | 屈原 | 秦國 | 比賽 | 習俗 |

| chèn | jìniàn | xìnrèn | xiànhài | hūnjūn | Mìluó Jiāng |
|------|--------|--------|---------|--------|-------------|
| 趁 | 紀念 | 信任 | 陷害 | 昏君 | 汨羅江 |

### 講 解

呆會兒：等一會兒。

地兒："地方"的意思，多用於北京口語。如"這桌子太大，實在沒地兒放"。

"打那兒以後"中的"打"是"從"的意思。

## 二　課文朗讀

婉兒：
Wǎnér：
媽媽，我覺得咱們來得就夠早的了，但
Māma, wǒ juéde zánmen lái de jiù gòu zǎo de le, dàn

這兒已是人山人海了。
zhèr yǐ shì rénshān-rénhǎi le.

媽媽：
Māma：
可不是，快找個地兒坐下，要不呆會兒連
Kěbúshì, kuài zhǎo ge dìr zuòxià, yào bu dāi huìr lián

立腳的地兒也沒有了。趁比賽還沒開始，
lìjiǎo de dìr yě méiyǒu le. Chèn bǐsài hái méi kāishǐ,

mā gěi nǐ shuōshuō sàilóngzhōu de láilì ba .
媽 給 你 說說 賽龍舟 的 來歷 吧。

Wǎnér : Tài hǎo le !
婉兒： 太 好 了！

Māma : Jīntiān shì Duānwǔ Jié . Zhège jié shì wèile jìniàn Zhōngguó
媽媽： 今天 是 端午 節。這個 節 是 為了 紀念 中國

de àiguó shīrén Qū Yuán de . Qū Yuán shì Zhànguó shíqī
的 愛國 詩人 屈 原 的。屈 原 是 戰國 時期

de Chǔguórén . Tā zhǔzhāng fùguó-qiángbīng , duìkàng dāngshí
的 楚國人。他 主張 富國強兵，對抗 當時

de Qínguó . Qǐchū , Chǔguó de guówáng Chǔhuáiwáng hái
的 秦國。起初，楚國 的 國王 楚懷王 還

xìnrèn tā , ràng tā guǎnlǐ guójiā dàshì . Kěshì hòulái ,
信任 他，讓 他 管理 國家 大事。可是 後來，

Chǔguó zhōng yǒu yì bāng huàirén xiànhài Qū Yuán . Chǔhuáiwáng
楚國 中 有 一幫 壞人 陷害屈 原。楚懷王

tīngxìn le tāmen de huà , jiù bǎ Qū Yuán liúfàng dào wàidì
聽信 了 他們 的 話，就 把 屈 原 流放 到 外地

qù le .
去了。

Wǎnér : Zhēn kělián ! Nà hòulái ne ?
婉兒： 真 可憐！那 後來 呢？

Māma : Hòulái , Chǔguó zài hūnjūn hé xiǎorén de tǒngzhì xià ,
媽媽： 後來，楚國 在 昏君 和 小人 的 統治 下，

yuèláiyuè shuāiruò , zuìhòu bèi Qínguó gěi chīdiào le . Qū Yuán
越來越 衰弱，最後 被 秦國 給 吃掉 了。屈 原

kàndao zìjǐ de guójiā bèi Qínguó zhànlǐng le , xīn li shífēn
看到 自己 的 國家 被 秦國 佔領 了，心裡 十分

bēifèn , jiù zài liǎngqiān nián qián de yí ge wǔyuè chūwǔ tóu
悲憤，就 在 兩千 年 前 的 一個 五月 初五 投

Mìluó Jiāng ér sǐ le .
汨羅 江 而 死 了。

婉兒：Wǎnér : Tài bēizhuàng le ! Búguò , nà hé sàilóngzhōu yǒu shénme
婉兒： 太 悲壯 了！不過，那 和 賽龍舟 有 甚麼

guānxi ne ?
關係 呢？

媽媽：Māma : Biéjí . Chǔguó de lǎobǎixìng tīngdào Qū Yuán tóu jiāng de
媽媽： 別急。楚國 的 老百姓 聽到 屈 原 投 江 的

xiāoxi , fēnfēn huázhe chuán gǎndào nàli , qù dǎlāo Qū
消息，紛紛 划着 船 趕到 那裡，去 打撈 屈

Yuán de yítǐ .
原 的 遺體。

婉兒：Wǎnér : Zuìhòu dǎlāo shànglai méiyǒu wā ?
婉兒： 最後 打撈 上來 沒有 哇？

媽媽：Māma : Méiyǒu . Dǎ nàr yǐhòu , sàilóngzhōu de xísú jiù xíngchéng
媽媽： 沒有。打 那兒 以後，賽龍舟 的 習俗 就 形成

bìng liúchuán xialai le . Měinián yídào zhège rìzi , gèdì
並 流傳 下來 了。每年 一到 這個 日子，各地

de lǎobǎixìng jiù huázhe chuán dào jiāng shang qu , yǐ zhège
的 老百姓 就 划着 船 到 江 上 去，以 這個

fāngshì jìniàn Qū Yuán .
方式 紀念 屈 原。

À ! Bǐsài kāishǐ le , kuài kàn !
啊！比賽 開始 了，快 看！

**講 解**

"連立腳的地兒也沒有了"，意思是連站的地方也沒有了。

朗讀時要表現出"媽媽"和"婉兒"説話時的不同口吻。

(149)

乙 部 聆聽訓練

## 一　詞語聆聽

（一）詞語聽辨

説明

①一邊聽錄音，一邊做練習。先不要馬上重複聆聽，因為第一遍的聆聽辨詞最能測驗你現有的聽力。

②再次收聽錄音，儘量將第一遍聆聽時沒有聽清楚、或聽錯的地方聽懂，以修正答案。

③核對課文後的答案；重新聆聽答錯的詞語，並將該詞語練習讀出及加以記憶。

④朗讀員會將每一題的詞語連讀兩次。請根據錄音中的語音，在該題所列的 4 個詞語中選取朗讀員讀出的詞語，並在書中填上或在 CD-ROM 光盤中剔選所屬的英文字母。

| 聽錄音 | 詳細；詳細 |
|---|---|
| 選擇 | A. 強勢　B. 嘗試　C. 詳細　D. 賞識 |
| 填／選答案 | 答案：_C_（在 CD-ROM 光盤中，則用鼠標剔選答案。） |

1. A. 蜆殼　　B. 陷害　　C. 現款　　D. 鹹海　　答案：＿＿＿＿

2. A. 宗教　　B. 忠告　　C. 咀嚼　　D. 煮餃　　答案：＿＿＿＿

3. A. 美貌　　B. 眉毛　　C. 秘密　　D. 每秒　　答案：＿＿＿＿

4. A. 克服　　B. 和服　　C. 黑褲　　D. 刻苦　　答案：＿＿＿＿

5. A. 稀飯　　B. 師範　　C. 示範　　D. 西方　　答案：＿＿＿＿

6. A. 稀疏　　B. 習俗　　C. 洗漱　　D. 私塾　　答案：＿＿＿＿

7. A. 假期　　B. 夾起　　C. 佳期　　D. 嘉慶　　答案：＿＿＿＿

8. A. 郵購　　B. 仍舊　　C. 悠久　　D. 有酒　　答案：＿＿＿＿

9. A. 穿透　　B. 串通　　C. 船頭　　D. 傳統　　答案：＿＿＿＿

10. A. 鼻塞　　B. 比賽　　C. 逼散　　D. 閉塞　　答案：＿＿＿＿

## （二）詞語聽寫 🎧

說明

① 錄音中，每題讀出一個句子，每句讀兩遍。在第一遍之後將重複讀出句中一個詞語。

② 根據錄音，在書中將重複讀出的詞語寫出；或在 CD-ROM 中，用鼠標選擇答案。

例如：

聽錄音　　　　他是我們公司的老客戶。客戶……他是我們公司的老客戶。

填／選答案　　答案：客戶（在 CD-ROM 光盤中，則用鼠標剔選答案。）

11.＿＿＿＿＿＿＿＿＿　　16.＿＿＿＿＿＿＿＿＿＿

12.＿＿＿＿＿＿＿＿＿　　17.＿＿＿＿＿＿＿＿＿＿

13.＿＿＿＿＿＿＿＿＿　　18.＿＿＿＿＿＿＿＿＿＿

14.＿＿＿＿＿＿＿＿＿　　19.＿＿＿＿＿＿＿＿＿＿

15.＿＿＿＿＿＿＿＿＿　　20.＿＿＿＿＿＿＿＿＿＿

## （三）詞語聽選 🎧

說明

① 聆聽每題錄音之前，先迅速看一下文字題目，了解句子
大意；

② 收聽錄音內容，從朗讀員讀出的 4 個詞語中選取適當的詞
語，並寫出代表它的英文字母。（在 CD-ROM 中，請先試作
答，或顯示答案選擇後剔選。）

例如：

看題目　　　我的＿＿＿＿＿＿＿是說，這個方案不一定可行。

聽錄音　　　A.意思　B.意識　C.意義　D.意志

填／選答案　　答案：A（在 CD-ROM 光盤中，則用鼠標剔選答案。）

21. 快點兒，去晚了連＿＿＿＿＿＿的地方也沒有了。　答案：＿＿＿＿

22. 龍舟比賽特別精彩，一定要多照幾張，多買幾卷 _____。 答案：_____

23. 好消息，你已經被 _____ 了。 答案：_____

24. 用 _____ 簽名，法律上不生效。 答案：_____

25. 我的鉛筆禿了，誰有 _____？ 答案：_____

## 二　短句聆聽 🎧

### 説明

① 收聽錄音，錄音中將有幾個對話短句。

② 根據錄音中的説話內容，選擇一個適當答案，並將代表這個答案的字母填寫在該題的答案線上。（在 CD-ROM 中，請先顯示題目，再選答案。）

例如：

> **聽錄音**　男：為花了點兒錢就大吵一通，又讓人家看了場好戲。
>
> 　　　　問：説話人是甚麼意思？
>
> **選擇**　A.不該演戲　B.戲票太貴　C.炒賣蝕本　D.不該吵架
>
> **填/選答案**　答案：D（在 CD-ROM 光盤中，則用鼠標剔選答案。）

26. A. 你說得不對

　 B. 你說得對

　 C. 誰說得對

　 D. 誰說得不對 答案：_____

27. A. 不知道自己的屬相

　　B. 不想說出自己的屬相

　　C. 不明白對方問甚麼

　　D. 不明白對方的意圖　　　　　　答案：＿＿＿＿＿

28. A. 根本看不見

　　B. 似乎看見了

　　C. 不知哪去了

　　D. 剛才還在這兒　　　　　　　答案：＿＿＿＿＿

29. A. 不明白

　　B. 沒聽清

　　C. 不相信

　　D. 想準確知道消息的來源　　　答案：＿＿＿＿＿

30. A. 後天

　　B. 今天

　　C. 明天

　　D. 以後　　　　　　　　　　　答案：＿＿＿＿＿

## 三　對話聆聽 🎧

### 說明

　①先快速看一遍題目，了解題目大意；

　②收聽錄音，並可邊聽邊做簡要記錄；

　③在題目所列的 4 個答案中選出最恰當的一個，並將代表這

個答案的字母寫在答案線上（在 CD-ROM 中，可以鼠標剔選）。有時可能有多個答案都是"可以"的，但根據錄音中的內容，要選一個"最恰當"的。

31. 正月十五吃元宵是象徵：

    A. 親人團聚

    B. 月色美好

    C. 人際關係和諧

    D. 能夠賞月　　　　　　　　　　　　答案：＿＿＿＿＿＿

32. 元宵節是甚麼時候開始有的？

    A. 唐朝以前

    B. 不知是甚麼時候

    C. 發明元宵之後

    D. 唐朝或宋朝　　　　　　　　　　　答案：＿＿＿＿＿＿

33. 哪一種餡兒對話中沒有提到？

    A. 棗泥餡兒

    B. 花生餡兒

    C. 豆沙餡兒

    D. 芝蔴餡兒　　　　　　　　　　　　答案：＿＿＿＿＿＿

34. 下面哪一種不是元宵節的活動？

    A. 花燈展

    B. 放煙花

    C. 賽龍舟

    D. 花燈船　　　　　　　　　　　　　答案：＿＿＿＿＿＿

35. 為甚麼沒有放爆竹的？

A. 因為有煙花

B. 因為有危險

C. 因為有花燈

D. 因為買不到 答案：＿＿＿＿＿＿

## 四 短文聆聽

説明

① 快速看一下題目中的問題，以了解短文所可能涉及的內容；

② 認真收聽錄音一遍，同時做出必要的、簡明的記錄；

③ 回答問題。由於供選擇的答案都是容易混淆的，其中只有一
個是最適當的。所以要看完 4 個選擇之後，再作出判斷。

36. 說話的人認為賽馬活動

A. 影響香港的交通，應予取締

B. 是香港的特別風俗，應予保留

C. 是香港人賭博的方式，應予取締

D. 促進香港的社會安定，應予保留 答案：＿＿＿＿＿＿

37. 說話人描述中的人們在做甚麼？

A. 乘坐九廣鐵路

B. 穿西裝革履

C. 下注博彩

D. 觀看馬匹的英姿 答案：＿＿＿＿＿＿

38. 秋季時，香港通常每周有幾次賽馬活動？

  A. 3 次，周三、周六和周日

  B. 3 次，周一、周三、周日

  C. 2 次，周六和周日

  D. 2 次，周三和周六　　　　　　　　　答案：＿＿＿＿＿

39. 賽馬場上的閘門一開，馬迷們就會——

  A. 忘記自己的姓名

  B. 忘記馬匹的名字

  C. 全神貫注

  D. 得意忘形　　　　　　　　　　　　　答案：＿＿＿＿＿

40. 賭輸了之後，馬迷們一般不會——

  A. 懊悔莫及

  B. 再次輸錢

  C. 下次再來

  D. 停止賭馬　　　　　　　　　　　　　答案：＿＿＿＿＿

**講 解**

　　"這次輸了，下次再來"的後面不能加"過"字，即不說"下次再來過"。

丙 部 說話訓練

### 説 明

　　説話訓練部份共有 3 項內容。第一是"對話練習"；第二是"短講練習"；第三是"會話練習"。

　　這三種練習的方法不同，請閱讀每種練習前面的"説明"。

## 一　對話練習

### 説 明

本練習要求你將一段對話補充完整。

① 下面已有對話中的甲方説話內容，現假設你（乙方）正與甲方對話。請先閱讀甲方説話的文字內容，以了解甲方想表達的意思，並用一兩分鐘考慮一下，你應當如何與甲方説話；

② 打開 CD-ROM 光盤，每聽完錄音中甲方的一句話，跟着就説出一句你認為應當回應的話。注意：不要停止聆聽錄音和回應對話，要跟隨甲方的速度，將此篇對話完成。你的話要與對方的話互相呼應，內容相連。

③ 作為乙方的你，在與甲方"對話"時，所使用的句子，在字數方面也要與甲方大致相當。例如，甲方說出一句約 10 個字的話，你的對話也應在 7～12 個字之間為宜。

④ 只要符合上面的要求，你可以儘可能多地使用不同的對話（通常至少應當想出 3 種不同的對話）。以下僅提供一種可能的對話，供你參考：

甲：你為甚麼還不去吃午飯？

乙：

甲：再忙也得吃飯啊！人是鐵，飯是鋼嘛！

乙：

你可以這樣回答：

甲：你為甚麼還不去吃午飯？

乙：這麼多的事還沒做完呢！

（或：瞧！這麼多工作，哪有時間吃飯哪！）

甲：再忙也要吃飯啊！人是鐵，飯是鋼嘛！

乙：工作要緊，等我做完這件事就去吃。

（或：一頓不吃沒關係，我已經習慣了。）

請完成下面的對話練習：

甲：我得告訴你一個壞消息。

乙：

甲：別緊張。聽我慢慢兒說嘛。

乙：

甲：你的英語考試不合格！

乙：

甲：不過，還有救兒。我問你，今天是幾月幾號？

乙：

甲：當然有關係啦。今天是四月一日，對嗎？

乙：

甲：今天是甚麼節？愚人節！

乙：

## 二　短講練習

說 明

① 這個練習要求你按照已有的題目，完成一段短講。

② 準備 5 分鐘，可以寫出一個簡要的提綱，但不可寫成短文照讀。

③ 要求語音準確、語速適中、用詞正確、語意順暢。

根據下列題目做約 1～2 分鐘的短講（大約 300 字）。

題目：聖誕節

提 綱

1. 聖誕節從西方傳到香港，受到喜愛；

2. 維多利亞港的聖誕燈飾；

3. 聖誕樹和聖誕老人的故事。

# 三　會話練習

**説 明**

　　這個練習是要求你設計一個特定情境中的會話，並由自己扮演會話雙方將會話完成。

① 看題目和圖畫，以及"情境提示"；

② 在心中設定一個場面和兩個或以上的説話者；

③ 根據設定的説話者的身份和口吻，以及特定的情境設計一段對話；

④ 開始自己與自己對話，對話總共不得少於 10 句。注意要有合乎邏輯的內容；

⑤ 完成自我對話後，再閱讀本書"附錄三"或 CD-ROM 內本單元的"會話示範"及聆聽範文的錄音，以資參考和對照。

題目：澳洲土著的節日

情境提示

　　圖中有一位土著的酋長帶領土著人在進行一種原始宗教儀式。人們穿戴着原始人的服飾並化妝成動物，如羽毛頭飾和紋身等。

講解

　　怪里怪氣：第二個音節"里"一般讀輕聲，這是一種熟語形容詞。再如"慌里慌張"。

　　瞎掰："掰"讀 bāi，胡説八道，亂編故事。這是北京話的用法。

　　去去：是語氣詞，表示不耐煩或不屑。

　　注意語尾語氣助詞的用法，如"吶""呢""啊""唄"等。這些用字不但與廣州話不同，而且也表示不同的語氣或口吻。

# 單元九 ●
## 健康是福
## （保健）

訓練目標：

■能以"醫療"和"保健"為基本話題進行聽

　說活動

■聽懂有關醫療或保健方面的討論或介紹

■能用正確的語音、恰當的詞語講述與醫療或

　保健有關的經歷或意見

甲 部 朗讀訓練

**講解**

　　本教材單元八已經提到 4 種基本語氣，即陳述語氣、疑問語氣、祈使語氣和感嘆語氣。其實這也是 4 種基本的句子類型，即陳述句、疑問句、祈使句和感嘆句。粗略地說，在朗讀的時候，這四種基本語氣往往與一定的語調相聯繫，且主要是與句子結尾的語調高低關係密切。例如：

　　人最寶貴的財富是健康。（陳述語氣，一般用降調。）

　　甚麼？他住進了醫院？在哪兒？（疑問語氣，通常是用升調尾的語調。）

　　去！快去叫救護車！別光看着！（祈使句，通常用降調或平調。）

　　媽媽，您的腿好了！可以站起來了！（感嘆句，通常用降調或平調。）

　　以上僅是最基本的和粗略説明。在實際的朗讀中，情況要複雜得多。例如最後一句："媽媽，您的腿好了！可以站起來了！"這幾句話如果是表示疑問中有驚喜，朗讀的時候則應用微升的語調。再如第三句，可以稍改為："去呀！快去叫救護車呀！別光看着呀！"

這樣，便應當用微升的語調表示催促性的祈使。所以，四種基本語氣在朗讀時要根據表達的需要靈活把握。

## 一　詞語朗讀

| díquè | xīwàng | yóngyuǎn | bìmiǎn | jīqì | qìguǎnyán | xiōngmóyán |
|---|---|---|---|---|---|---|
| 的確 | 希望 | 永遠 | 避免 | 機器 | 氣管炎 | 胸膜炎 |

| jiǎomóyán | zhōng'ěryán | yǐnshí | qǐjū | jīnghuāng | dàifu | yǎnkē |
|---|---|---|---|---|---|---|
| 角膜炎 | 中耳炎 | 飲食 | 起居 | 驚慌 | 大夫 | 眼科 |

| yákē | xiǎo'érkē | xiāngxìn | bànsuí | jiànkāng |
|---|---|---|---|---|
| 牙科 | 小兒科 | 相信 | 伴隨 | 健康 |

**講解**

注意以下的多音字讀音：

的確：這裡的"的"讀 dí，不能讀成 de 或 dì。

大夫：這裡的"大"要讀成 dài，不是 dà；"夫"是輕聲。

## 二　課文朗讀

Rénshēng zuì dà de cáifù shì shénme? Xǔduō rén dōu huì shuō, shì
人生　最大的財富是甚麼？許多人都會說，是

jiànkāng. Díquè, shéi dōu xīwàng zìjǐ yǒu jiànkāng de tǐpò, shéi dōu
"健康"。的確，誰都希望自己有健康的體魄，誰都

xīwàng zìjǐ yóngyuǎn jiànkāng! Dànshì, rén zǒng huì shēngbìng, zhè yòushì
希望自己永遠健康！但是，人總會生病，這又是

bùkě bìmiǎn de. Réntǐ jiù xiàng yì tái jīqì, yǒu hěn duō língjiàn, měi
不可避免的。人體就像一台機器，有很多零件，每

個零件都會有出毛病的時候。比方說吧，"炎症"就
是常出現的疾病。甚麼氣管炎、咽炎、胃炎、肝炎、
腎炎、關節炎、膀胱炎，還有膽囊炎、胸膜炎、
腹膜炎、角膜炎、鼻竇炎、中耳炎 等等。大概除了
眉毛鬍子不發炎，人體其他部份都可能出現討厭的
炎症。

要保住健康，不讓疾病侵犯我們的身體，就要
小心飲食起居，注意生活環境，加強身體鍛煉，
保持心態的平衡和快樂。萬一生了病，我們也不要
驚慌失措。現在，到處有那麼多的醫院，醫院裡有
那麼多的專科，甚麼外科、內科、眼科、耳鼻喉科、
牙科、小兒科、婦產科 等等，還有那麼多的大夫幫助
我們與疾病作鬥爭。相信人類會越來越健康。相信
健康將會永遠伴隨着我們！

　　這篇短文以陳述句為主，所以基本上是以降調的句子為多。但也有疑問句和感嘆句。請注意陳述句語調的表達。

乙 部 聆聽訓練

一　詞語聆聽

（一）詞語聽辨

說明

① 一邊聽錄音，一邊做練習。先不要馬上重複聆聽，因為第一
遍的聆聽辨詞最能測驗你現有的聽力；

② 再次收聽錄音，儘量將第一遍聆聽時沒有聽清楚，或聽錯的
地方聽懂，以修正答案；

③ 核對課文後的答案；重新聆聽答錯的詞語，並將該詞語練習
讀出及加以記憶；

④ 朗讀員會將每一題的詞語連讀兩次。請根據錄音中的語音，
在該題所列的 4 個詞語中選取朗讀員讀出的詞語，並在書中
填上或在 CD-ROM 光盤中剔選所屬的英文字母。

聽錄音　　詳細；詳細

選擇　　　A. 強勢　B. 嘗試　C. 詳細　D. 賞識

填／選答案　答案：C（在 CD-ROM 光盤中，則用鼠標剔選答案。）

1. A. 捷路　　B. 紀律　　C. 記錄　　D. 急路　　答案：_____

2. A. 飛機　　B. 肥雞　　C. 斐濟　　D. 費勁　　答案：_____

3. A. 多少　　B. 多小　　C. 刀小　　D. 都笑　　答案：_____

4. A. 幾輛　　B. 劑量　　C. 質量　　D. 伎倆　　答案：_____

5. A. 中樂　　B. 重要　　C. 眾悅　　D. 中藥　　答案：_____

6. A. 激動　　B. 嫉妒　　C. 幾度　　D. 極毒　　答案：_____

7. A. 誘惑　　B. 優貨　　C. 有火　　D. 憂患　　答案：_____

8. A. 頑皮　　B. 彎眉　　C. 萬米　　D. 完美　　答案：_____

9. A. 美麗　　B. 迷你　　C. 沒理　　D. 魅力　　答案：_____

10. A. 心境　　B. 先進　　C. 薪金　　D. 深井　　答案：_____

## （二）詞語聽寫

### 說明

① 錄音中，每題讀出一個句子，每句讀兩遍。在第一遍之後將重複讀出句中一個詞語。

② 根據錄音，在書中將重複讀出的詞語寫出；或在 CD-ROM 中，用鼠標選擇答案。

例如：

> | 聽錄音 | 他是我們公司的老客戶。客戶……他是我們公司的老客戶。 |
> | 填／選答案 | 答案：<u>客戶</u>（在 CD-ROM 光盤中，則用鼠標剔選答案。） |

11. _____   16. _____

12. _____   17. _____

13. _____   18. _____

14. _____   19. _____

15. _____   20. _____


（三）詞語聽選 🎧

**説 明**

① 聆聽每題錄音之前，先迅速看一下文字題目，了解句子大意；

② 收聽錄音內容，從朗讀員讀出的 4 個詞語中選取適當的詞語，並寫出代表它的英文字母。（在 **CD-ROM** 中，請先試作答，或顯示答案選擇後剔選。）

例如：

> | 看題目 | 我的 _____ 是説，這個方案不一定可行。 |
> | 聽錄音 | A. 意思　B. 意識　C. 意義　D. 意志 |
> | 填／選答案 | 答案：<u>A</u>（在 CD-ROM 光盤中，則用鼠標剔選答案。） |

21. 普通的身體檢查包括：量血壓、稱體重、_____ 等。

答案：_____

22. 保健醫生 _____ 解釋檢查結果。　　答案：_____

23. 他最近不知怎麼搞的，一入睡就 _____。　　答案：_____

24. 她一聽到消息，便 _____ 地向大門衝去。　　答案：_____

25. 這所醫院的醫療設施很 _____。　　答案：_____

## 二　短句聆聽

說明

① 收聽錄音，錄音中將有幾個對話短句。

② 根據錄音中的說話內容，選擇一個適當答案，並將代表這個答案的字母填寫在該題的答案線上。（在 CD-ROM 中，請先顯示題目，再選答案。）

例如：

聽錄音　　男：為花了點兒錢就大吵一通，又讓人家看了場好戲。

問：說話人是甚麼意思？

選擇　　A. 不該演戲　B. 戲票太貴　C. 炒賣蝕本　D. 不該吵架

填/選答案　　答案：D（在 CD-ROM 光盤中，則用鼠標剔選答案。）

26. A. 他從來不鍛鍊身體

B. 他有時不鍛鍊身體

C. 他現在不鍛鍊身體

D. 他不注意鍛鍊身體　　　　　　　答案：_____

27. A. 在學校做體操

B. 被老師罰坐

C. 老師幫助進食營養品

D. 留在學校補課　　　　　　　　　答案：_____

28. A. 想出院

B. 不想出院

C. 一定要出院

D. 希望出院　　　　　　　　　　　答案：_____

29. A. 不關你的事

B. 不要緊

C. 你別管

D. 不妨礙別人的事　　　　　　　　答案：_____

30. A. 就愛吃油條

B. 做油條很多年了

C. 可以試一下

D. 非常熟悉這項工作，很有經驗。　答案：_____

## 講 解

　　"老油條"，意為很有經驗，老於應付，多帶貶意。這裡有半開玩笑的意思。

# 三 對話聆聽 🎧

## 説明

① 先快速看一遍題目，了解題目大意；

② 收聽錄音，並可邊聽邊做簡要記錄；

③ 在題目所列的 4 個答案中選出最恰當的一個，並將代表這個答案的字母寫在答案線上（在 CD-ROM 中，可以鼠標剔選）。有時可能有多個答案都是"可以"的，但根據錄音中的內容，要選一個"最恰當"的。

31. 男的最近怎麼了？

　　A. 感冒了

　　B. 得了氣管炎

　　C. 精神不振

　　D. 得了神經病　　　　　　　　　答案：＿＿＿＿＿＿

32. 氣管炎症狀中，甚麼沒提到？

　　A. 體溫不正常

　　B. 咳嗽很厲害

　　C. 有痰

　　D. 嗓子疼　　　　　　　　　　　答案：＿＿＿＿＿＿

33. 男的覺得渾身不自在，以下哪些情況沒提到？

　　A. 不敢大手大腳花錢

　　B. 不敢隨便去酒吧

　　C. 不敢賭博

　　D. 不敢隨便看電影兒　　　　　　　　答案：＿＿＿＿＿

34. 女的明白了原因後，對男的持甚麼態度？

　　A. 一點兒不同情他

　　B. 很同情他

　　C. 很高興

　　D. 很難過　　　　　　　　　　　　　答案：＿＿＿＿＿

35. 男的到底怎麼了？

　　A. 精神出了問題

　　B. 妻子管得很嚴

　　C. 不注意鍛鍊身體

　　D. 經濟出了問題　　　　　　　　　　答案：＿＿＿＿＿

## 四　短文聆聽

### 説 明

　　① 快速看一下題目中的問題，以了解短文所可能涉及的內容；

　　② 認真收聽錄音一遍，同時做出必要的、簡明的記錄；

　　③ 回答問題。由於供選擇的答案都是容易混淆的，其中只有一
　　　個是適當的。所以要看完 4 個選擇之後，再作出判斷。

36. 誰要接受手術？

　　A. 隋好麗

B. 許喬穗

C. 徐巧瑞

D. 邱俏芮 答案：_____

37. 這個人為甚麼要做手術？

A. 頭上長了包

B. 胳膊上長了瘤

C. 肩膀上出了問題

D. 脖子上長了東西 答案：_____

38. 誰給這個人做手術

A. 吳大夫

B. 胡大夫

C. 徐大夫

D. 邱大夫 答案：_____

39. 這個人手術前的心情怎麼樣？

A. 十分害怕

B. 很傷心

C. 無所謂

D. 對大夫很同情 答案：_____

40. 大夫為甚麼很同情這個人

A. 大夫很傷心

B. 大夫很害怕

C. 大夫是第一次上手術台

D. B 和 C 答案：_____

丙 部　說話訓練

說　明

　　說話訓練部份共有 3 項內容。第一是"對話練習"；第二是"短講練習"；第三是"會話練習"。

　　這三種練習的方法不同，請閱讀每種練習前面的"說明"。

## 一　對話練習

說　明

　　本練習要求你將一段對話補充完整。

① 下面已有對話中的甲方說話內容，現假設你（乙方）正與甲方對話。請先閱讀甲方說話的文字內容，以了解甲方想表達的意思，並用一兩分鐘考慮一下，你應當如何與甲方說話。

② 打開 CD-ROM 光盤，每聽完錄音中甲方的一句話，跟着就說出一句你認為應當回應的話。注意：不要停止聆聽錄音和回應對話，要跟隨甲方的速度，將此篇對話完成。你的話要與

對方的話互相呼應，內容相連。

③ 作為乙方的你，在與甲方"對話"時，所使用的句子，在字數方面也要與甲方大致相當。例如，甲方說出一句約 10 個字的話，你的對話也應在 7～12 個字之間為宜。

④ 只要符合上面的要求，你可以盡可能多地使用不同的對話（通常至少應當想出 3 種不同的對話）。以下僅提供一種可能的對話，供你參考：

---

甲：你為甚麼還不去吃午飯？

乙：

甲：再忙也得吃飯啊！人是鐵，飯是鋼嘛！

乙：


你可以這樣回答：

甲：你為甚麼還不去吃午飯？

乙：這麼多的事還沒做完呢！

　　（或：瞧！這麼多工作，哪有時間吃飯哪！）

甲：再忙也要吃飯啊！人是鐵，飯是鋼嘛！

乙：工作要緊，等我做完這件事就去吃。

　　（或：一頓不吃沒關係，我已經習慣了。）

---

請完成下面的對話練習：🎧

甲：喲，你發燒了，快上醫院吧！

乙：

甲：那怎麼行，現在正有甚麼"禽流感"，不能大意。

乙：

甲："禽流感"的意思是由家禽傳染給人的流感。

乙：

甲：真的，你沒看報紙上說嗎？人得了可就沒治了！

乙：

甲：你呀，不聽好人言，可能就要吃虧在眼前了！

乙：

甲：吃藥不就是吃虧？

## 二 短講練習

**説 明**

① 這個練習要求你按照已有的題目，完成一段短講。

② 準備 5 分鐘，可以寫出一個簡要的提綱，但不可寫成短文照讀。

③ 要求語音準確、語速適中、用詞正確、語意順暢。

請根據下列題目做 1～2 分鐘的短講（大約 250 字）。

題目：生活在大都市中的煩惱

**提 示**

許多大城市的環境都不利人們的身體健康。請列出大城市中常見的妨害人們健康的因素，如：1. 噪音；2. 空氣污染；3. 沒有樹木；4. 擁擠；5. 流行性疾病；6. 飲食衛生；7. 其他。

就把那些個廢氣：“個”字在口語中常出現在“這些”、“那些”等代詞之後，並沒有實際含意。如“你把這些個東西快點兒拿走！”

樹讓人給砍了，草地叫人給踏平了：“給”字出現在動詞前面作為助詞以加強語氣。

沒門兒：不可能。

“嘯噴”和“噴嘯”同義。

## 三　會話練習

這個練習是要求你設計一個特定情境中的會話，並由自己扮演會話雙方將會話完成。

① 閱讀題目，以及“情境提示”；

② 在心中設定一個場面和兩個或以上的說話者；

③ 根據設定的說話者的身份和口吻，以及特定的情境設計一段對話；

④ 開始自己與自己對話，對話總共不得少於 10 句。注意要有合乎邏輯的內容；

⑤ 完成自我對話後，再閱讀本書“附錄三”或 CD-ROM 內本單元的“會話示範”及聆聽範文的錄音，以資參考和對照。

題目：是否得了絕症？

## 情境提示

　　病人嗓子不舒服，是一般的感冒引起的。但是他卻擔心自己得了"不治之症"。

## 講解

　　對話是一種無文字憑藉的雙向說話活動。與單人短講不同之處在於這種說話一般存在於兩人之間。所以這實際上是一種聆聽與說話的綜合性訓練。

　　對話的要點在於要能"對"得上。即兩個說話人的說話內容和語句要有緊密的關聯。

　　對話有對話的口語特性，如使用較多的"真的"、"可不是嗎"、"不行"等短語做為對話間的銜接，以及較多問答句等。

　　"會話示範"僅是樣本，實際的對話可能會是多種多樣的。範文中的語句可供你學習使用。

# 單元十 ●
## 流行款式
## （購物）

訓練目標：

■ 能以“購物”和“時尚”為基本話題進行聽
   說活動

■ 聽懂有關購物和時尚方面的討論或介紹

■ 用正確的語音、恰當的詞語討論或講述購物
   或時尚方面的問題

甲 部 朗讀訓練

## 講 解

　　在朗讀和説話時，語氣要有不同的"色彩"。所謂"色彩"實際上主要是指朗讀和説話時的感情表達。例如人的喜、怒、哀、樂，以及人的愛、恨、憐、惜等感情，都應當恰當地在語氣中表現出來。

　　比方説，"驚喜"時，語速應急促些，音調也會提高。如："真的？我被錄取了？太好了！"這幾個句子都應急促高揚，以表現出驚喜的感情。

　　"愛憐"的句子一般要用低緩、柔和的語調。如："瞧你這孩子，怎麼磕破了手？來，我給你塗點兒藥水兒。痛嗎？"媽媽對待一個不小心弄破了手指的小孩子就應使用愛憐的語調和口吻。

　　"憤怒"，不但使句子的語速緊促，而且還會使人的聲音變得粗猛有力。有時聲音也會高揚。如："這種人簡直是混蛋！法律難道對他們毫無辦法嗎？我就不信！"

　　"悲哀"的語調一般是悠長低緩的。古時説"長歌當哭"，即謂"悲哀"的語調常拉得長一些，讓悲情流淌。如："父親帶着擔心離開了人世，我帶着遺憾活在人間。如今，30年過去了，我仍然不能忘記，那一個悲哀的夜晚。"

感情色彩，需要有較高的口語技巧才能表現得當，其中不但包括對自己聲音的把握和控制，而且還包括對朗讀篇章和説話內容的理解，特別是對其感情內容的深刻理解。聽錄音時，要多留意説話人的這種感情表達。另外，順便提到一種排除了感情色彩的語氣或語調。例如在一般的純敘述中，感情的色彩就很少，一般的新聞播音就常使用這種語氣。

## 一 詞語朗讀

| chángxiù | liányīqún | shǎir | yóudiǎnr | qiā yāo | lǐngkǒur |
|---|---|---|---|---|---|
| 長袖 | 連衣裙 | 色兒 | 有點兒 | 掐腰 | 領口兒 |

| kuǎnshì | liàor | miáotiao | hǎo zhàotou | zhékòu | shíjià | dé | āikēi |
|---|---|---|---|---|---|---|---|
| 款式 | 料兒 | 苗條 | 好兆頭 | 折扣 | 實價 | 得 | 挨剋 |

### 講解

色兒：這裡讀 shǎir，表示顏色，但顏色的色就讀 "sè"。

苗條：其中的 "條" 要讀輕聲。

褲子："褲" 讀 "kù"，不要讀成 "fù"。

## 二 課文朗讀

（在服裝店裡）

Jiāwēi :     Nǐ kàn zhè jiàn chángxiù liányīqún zěnmeyàng ? Tiānr liáng
嘉薇：     你看這件長袖連衣裙怎麼樣？天兒涼

le , gāi chuān chángxiù de le .
了，該 穿 長袖 的 了。

Wǎnlíng :　Yàngzi hái kéyǐ , jiùshì shǎir yóudiǎnr zhāyǎn ,
婉玲 :　樣子 還 可以，就是 色兒 有點兒 扎眼，

zài kànkan biéde . Āi ! Nǐ kàn zhè tàozhuāng , qiǎn
再 看看 別的。哎！你 看 這 套裝，淺

kāfēisè , lǐngkǒur tè biézhì , qiā yāo , chuānshàng
咖啡色，領口兒 特別 致，掐腰，　穿上

yídìng xiǎndé miáotiao , háibú shìshi !
一定 顯得 苗條，還不 試試！

Shòuhuòyuán :　Zhè shì jīnnián liúxíng de kuǎnshì , liàor yě bú cuò .
售貨員 :　這 是 今年 流行 的 款式，料兒 也 不錯。

Shìyīshì zài nàbiānr . Nín chuān duō dà hàor de ?
試衣室 在 那邊兒。您 穿 多 大 號兒 的？

Jiāwēi :　Zhōnghàor de .
嘉薇 :　中號兒 的。

Shòuhuòyuán :　Gěi nín ! Zhè shì zuìhòu yí jiàn le .
售貨員 :　給 您！這 是 最後 一件 了。

Jiāwēi :　Shì búcuò ! Duōshǎo qián yí tào ?
嘉薇 :　是 不錯！多少 錢 一套？

Shòuhuòyuán :　Lián shàngyī dài duǎnqún , yítào bābǎi bāshíbá kuài .
售貨員 :　連 上衣 帶 短裙，一套 八百 八十八 塊。

Wǎnlíng :　Zhēnshì hǎo zhàotou ! Yào le ba , nǐ chuān le héshì .
婉玲 :　真是 好 兆頭！要 了 吧，你 穿 了 合適。

Jiāwēi :　néngbunéng zài piányi diǎnr , yǒu zhékòu ma ?
嘉薇 :　能 不能 再 便宜 點兒，有 折扣 嗎？

Shòuhuòyuán :　Zhè shì shíjià le , yuánjià yìqiān liù ne !
售貨員 :　這 是 實價 了，原價 一千 六 呢！

Wǎnlíng :　Yìqiān liù ? Wǔ zhé ?
婉玲 :　一千 六？五折？

| | |
|---|---|
| Jiāwēi : | Wǎn líng , wǒmen hái shì zhuànzhuan zàishuō ba . |
| 嘉薇： | 婉玲，我們還是 轉轉 再說 吧。 |
| Wǎnlíng : | Yě hǎo . Nàbiānr kànkan qu . |
| 婉玲： | 也好。那邊兒看看去。 |
| Shòuhuòyuán : | Nà , bābǎi kuài gěi nín ba ! Zhè huí kěndìng děi āi lǎobǎn |
| 售貨員： | 那，八百 塊 給 您 吧！這 回 肯定 得 挨 老闆 |
| | kēi le ! |
| | 剋 了！ |

## 講 解

逛逛商店：普通話不説"逛公司"，而可以説"逛百貨公司"。

特別致：即"特別別致"。副詞"特別"在口語中常説"特"。

如"那東西，特貴！"

**乙** 部 聆聽訓練

## 一 詞語聆聽

（一）詞語聽辨

**說明**

① 一邊聽錄音，一邊做練習。先不要馬上重複聆聽，因為第一遍的聆聽辨詞最能測驗你現有的聽力；

② 再次收聽錄音，儘量將第一遍聆聽時沒有聽清楚，或聽錯的地方聽懂，以修正答案；

③ 核對課文後的答案；重新聆聽答錯的詞語，並將該詞語練習讀出及加以記憶；

④ 朗讀員會將每一題的詞語連讀兩次。請根據錄音中的語音，在該題所列的 4 個詞語中選取朗讀員讀出的詞語，並在書中填上或在 CD-ROM 光盤中剔選所屬的英文字母。

| 聽錄音 | 詳細；詳細 |
|---|---|
| 選擇 | A. 強勢　B. 嘗試　C. 詳細　D. 賞識 |
| 填／選答案 | 答案：C（在 CD-ROM 光盤中，則用鼠標剔選答案。） |

1. A. 途中　　B. 投中　　C. 頭腫　　D. 逃走　　答案：＿＿＿＿

2. A. 水餃　　B. 世交　　C. 睡覺　　D. 誰叫　　答案：＿＿＿＿

3. A. 本位　　B. 品味　　C. 貧妹　　D. 評委　　答案：＿＿＿＿

4. A. 照舊　　B. 好狗　　C. 吼叫　　D. 好久　　答案：＿＿＿＿

5. A. 常州　　B. 長袖　　C. 窗銹　　D. 常修　　答案：＿＿＿＿

6. A. 條件　　B. 討價　　C. 吵架　　D. 挑戰　　答案：＿＿＿＿

7. A. 藍鞋　　B. 爛鞋　　C. 男孩　　D. 南海　　答案：＿＿＿＿

8. A. 哭哇　　B. 窟窿　　C. 苦瓜　　D. 褲襪　　答案：＿＿＿＿

9. A. 裙褲　　B. 窮苦　　C. 勤奮　　D. 困苦　　答案：＿＿＿＿

10. A. 假價　　B. 嘉獎　　C. 降價　　D. 加價　　答案：＿＿＿＿

## （二）詞語聽寫

### 說明

① 錄音中，每題讀出一個句子，每句讀兩遍。在第一遍之後將重複讀出句中一個詞語。

② 根據錄音，在書中將重複讀出的詞語寫出；或在 CD-ROM 中，用鼠標選擇答案。

例如：

| | |
|---|---|
| 聽錄音 | 他是我們公司的老客戶。客戶……他是我們公司的老客戶。 |
| 填 / 選答案 | 答案：客戶（在 CD-ROM 光盤中，則用鼠標剔選答案。） |

11.＿＿＿＿＿＿＿＿＿＿＿＿　　16.＿＿＿＿＿＿＿＿＿＿＿＿＿

12.＿＿＿＿＿＿＿＿＿＿＿＿　　17.＿＿＿＿＿＿＿＿＿＿＿＿＿

13.＿＿＿＿＿＿＿＿＿＿＿＿　　18.＿＿＿＿＿＿＿＿＿＿＿＿＿

14.＿＿＿＿＿＿＿＿＿＿＿＿　　19.＿＿＿＿＿＿＿＿＿＿＿＿＿

15.＿＿＿＿＿＿＿＿＿＿＿＿　　20.＿＿＿＿＿＿＿＿＿＿＿＿＿

## （三）詞語聽選

**説明**

① 聆聽每題錄音之前，先迅速看一下文字題目，了解句子大意；

② 收聽錄音內容，從朗讀員讀出的 4 個詞語中選取適當的詞語，並寫出代表它的英文字母。（在 **CD-ROM** 中，請先試作答，或顯示答案選擇後剔選。）

例如：

| | |
|---|---|
| 看題目 | 我的＿＿＿＿＿＿＿是説，這個方案不一定可行。 |
| 聽錄音 | A.意思　B.意識　C.意義　D.意志 |
| 填 / 選答案 | 答案：A（在 CD-ROM 光盤中，則用鼠標剔選答案。） |

21. 這些＿＿＿＿＿＿＿毛衣，很適合冬天穿。　　答案：＿＿＿＿

22. 她是老外，不會用筷子，請給她一把＿＿＿＿＿＿＿。答案：＿＿＿＿

23. 給我幾個 _____ ，我要把文件夾起來，整理歸案。

答案：_____

24. 麥當勞的炸 _____ 條，最受小孩兒歡迎。　答案：_____

25. _____ 雞蛋湯，是北方人飯桌上經常見到的湯。

答案：_____

## 二　短句聆聽 🎧

26. A. 幫她搶過來

B. 討價還價

C. 幫她付錢

D. 幫她看家

答案：_____

27. A. 在那兒搖搖晃晃地走不穩

    B. 悠閒地坐在那兒等人

    C. 用半天的時間站在那裡找要買的東西

    D. 走來走去地找他要買的東西　　　　　　答案：＿＿＿＿＿＿

28. A. 不順心

    B. 很生氣

    C. 很顯眼

    D. 很滿意　　　　　　答案：＿＿＿＿＿＿

29. A. 一場火災

    B. 一件叫人生氣的事兒

    C. 一次吃火鍋的經歷

    D. 值得回憶的一件事兒　　　　　　答案：＿＿＿＿＿＿

30. A. 覺得他病了

    B. 覺得他很着急

    C. 覺得他有點兒不正常

    D. 覺得他在找大夫　　　　　　答案：＿＿＿＿＿＿

## 三　對話聆聽 🎧

説明

① 先快速看一遍題目，了解題目大意；

② 收聽錄音，並可邊聽邊做簡要記錄；

③ 在題目所列的 4 個答案中選出最恰當的一個，並將代表這

個答案的字母寫在答案線上（在 **CD-ROM** 中，可以鼠標剔選）。有時可能有多個答案都是"可以"的，但根據錄音中的內容，要選一個"最恰當"的。

31. 顧客相信攤主對香蕉黑點的解釋了嗎？

    A. 完全相信

    B. 完全不相信

    C. 半信半疑

    D. 十分生氣攤主的解釋　　　　　　　　答案：＿＿＿＿＿

32. 顧客究竟買了香蕉沒有？

    A. 沒有買

    B. 買了

    C. 買了又退了

    D. 只買便宜的香蕉　　　　　　　　　　答案：＿＿＿＿＿

33. 顧客買了甚麼？

    A. 一斤葡萄，櫻桃、草莓各半斤，香蕉二斤四兩

    B. 櫻桃和葡萄各一斤，二斤四兩香蕉，半斤草莓

    C. 香蕉一把，草莓、葡萄和櫻桃共三斤

    D. 香蕉、草莓、櫻桃、蘋果和香蕉一共四斤九兩　答案：＿＿＿＿＿

34. 下邊哪個說法不對？

    A. 半斤櫻桃六塊五

    B. 草莓十二塊五

    C. 櫻桃比葡萄貴

    D. 顧客少付了三塊二　　　　　　　　　答案：＿＿＿＿＿

35. 顧客最後付了多少錢？

A. 四十六塊九毛

B. 四十六塊八毛

C. 五十塊

D. 四十九塊　　　　　　　　　　　　　答案：＿＿＿＿＿

### 講 解

"熟" 在普通話中是個多音字。較正式時讀 shú，在口語中常讀 shóu。建議：除了在 "飯熟了" "我和他不太熟" 等少數情況外，以讀 shú 為好。

## 四　短文聆聽 🎧

### 說 明

① 快速看一下題目中的問題，以了解短文所可能涉及的內容；

② 認真收聽錄音一遍，同時做出必要的、簡明的記錄；

③ 回答問題。由於供選擇的答案都是容易混淆的，其中只有一個是最適當的。所以要看完 4 個選擇之後，再作出判斷。

36. 這段錄音主要談甚麼問題？

A. 家庭用電的安全問題

B. 北上購物的安全問題

C. 電飯鍋的安全問題

D. 家用電器的安全問題　　　　　　　　　答案：＿＿＿＿＿

37. "死亡陷阱" 在這裡是甚麼意思？

A. 北上購物

B. 被美觀的外形和便宜的價錢所迷惑

C. 被買 "直銷" 產品的廠家所騙

D. 電飯鍋漏電　　　　　　　　　　　　答案：＿＿＿＿＿

38. 說話人認為：

A. 不要使用電飯鍋做飯

B. 應少使用家用電器

C. 要選購性能安全的電器使用

D. 使用電器前應經過測試　　　　　　　答案：＿＿＿＿＿

39. 消委會做了甚麼事情？

A. 對 16 種電飯鍋做了 25 項測試

B. 對 25 種電飯鍋做了 6 項測試

C. 對 6 種電飯鍋做了 25 項測試

D. 對 25 種電飯鍋做了 16 項測試　　　答案：＿＿＿＿＿

40. "結果，你猜怎麼着" 的含意是——

A. 結果可能使人意外

B. 不要亂猜測

C. 結果一定被猜中

D. 沒有意義，只是一句口頭禪　　　　　答案：＿＿＿＿＿

丙 部 說話訓練

**説明**

說話訓練部份共有 3 項內容。第一是"對話練習"；第二是"短講練習"；第三是"會話練習"。

這三種練習的方法不同，請閱讀每種練習前面的"說明"。

## 一　對話練習

**説明**

本練習要求你將一段對話補充完整。

① 下面已有對話中的甲方說話內容，現假設你（乙方）正與甲方對話。請先閱讀甲方說話的文字內容，以了解甲方想表達的意思，並用一兩分鐘考慮一下，你應當如何與甲方說話。

② 打開 CD-ROM 光盤，每聽完錄音中甲方的一句話，跟着就說出一句你認為應當回應的話。注意：不要停止聆聽錄音和回應對話，要跟隨甲方的速度，將此篇對話完成。你的話要與

對方的話互相呼應，內容相連。

③ 作為乙方的你，在與甲方 "對話" 時，所使用的句子，在字數方面也要與甲方大致相當。例如，甲方說出一句約 10 個字的話，你的對話也應在 7～12 個字之間為宜。

④ 只要符合上面的要求，你可以儘可能多地使用不同的對話（通常至少應當想出 3 種不同的對話）。以下僅提供一種可能的對話，供你參考：

甲：你為甚麼還不去吃午飯？

乙：

甲：再忙也得吃飯啊！人是鐵，飯是鋼嘛！

乙：


你可以這樣回答：

甲：你為甚麼還不去吃午飯？

乙：這麼多的事還沒做完呢！

（或：瞧！這麼多工作，哪有時間吃飯哪！）

甲：再忙也要吃飯啊！人是鐵，飯是鋼嘛！

乙：工作要緊，等我做完這件事就去吃。

（或：一頓不吃沒關係，我已經習慣了。）


請完成下面的對話練習：　🎧

（打電話）

婉玲：喂，是佳偉嗎？我是婉玲。

佳偉：

婉玲：還行！怎麼樣，明天星期六，下午有空兒嗎？

佳偉：

婉玲：最近好多店都秋季大減價，一起去逛逛，好嗎？

佳偉：

婉玲：3 點，我在銅鑼灣時代廣場前面的鐘樓底下等你，好嗎？

佳偉：

## 二　短講練習

### 説 明

① 這個練習要求你按照已有的題目，完成一段短講。

② 準備 5 分鐘，可以寫出一個簡要的提綱，但不可寫成短文照讀。

③ 要求語音準確、語速適中、用詞正確、語意順暢。

請根據下列題目做 1～2 分鐘的短講（大約 300 字）。

題目：逛電腦商場

### 提 綱

1. 喜歡逛電腦商場的原因；

2. 常去的電腦商場有哪些？如"黃金商場"等；

3. 電腦發展很快，逛電腦商場帶來的樂趣。

"難與外人道也",這是一句文言文的句子。在說話時也可以適當地加進這樣的文言句以使說話生動有趣。但要注意,要使用大家都能懂的這類句子。

# 三 會話練習

這個練習是要求你設計一個特定情境中的會話,並由自己扮演會話雙方將會話完成。

① 閱讀題目和圖畫,以及"情境提示";

② 在心中設定一個場面和兩個或以上的說話者;

③ 根據設定的說話者的身份和口吻,以及特定的情境設計一段對話;

④ 開始自己與自己對話,對話總共不得少於 10 句。注意要有合乎邏輯的內容;

⑤ 完成自我對話後,再閱讀本書"附錄三"或 CD-ROM 內本單元的"會話示範"及聆聽示範的錄音,以資參考和對照。

題目:流行款式

新流行的"鬆糕鞋"高達半呎,新流行的短裙不足十吋。兩人對此有不同的看法。

## 講 解

興："流行"的意思，普通話也説"時興"。如"現在已不興穿這樣的鞋了"，即"現在已不流行這樣的鞋了"，或"這種鞋現在已不時興了"。

# 單元十一 ●

## 最新消息
## （新聞）

訓練目標：

■能以社會新聞為基本話題進行聽說活動

■聽懂有關社會新聞方面的討論或介紹

■用正確的語音、恰當的詞語討論或講述社會

新聞

甲 部 朗讀訓練

講 解

　　甚麼是朗讀中的"節奏"呢？簡單説，節奏就是在朗讀中出現的抑揚頓挫和輕重緩急。

　　節奏與速度有關，而速度又與語句的重音和停頓有關。一般來説，如果在重音與重音之間、停頓與停頓之間有大致相應的時間，便會形成一定的節奏感。那麼，在兩個重音或兩個停頓之間如果音節較少，語速即應放緩慢些；相反，如果音節較多，就應讀得快一些，以形成一定的節奏。下面僅以停頓與速度的關係來説明節奏感的把握。

　　香港的報紙之多｜在世界上是少有的。

　　香港的｜報紙｜之多｜在｜世界上｜是｜少有的。

　　上例首句中有一次較大的停頓，如果停頓前後的時間長度差不多，即給人一種節奏感。第二例句是另一種節奏，這裡在停頓與停頓之間的字數（即音節）是不相等的。如果字數多的唸快一點兒，字數少的唸慢一點兒，使停頓之間的時間相差不多，即能得到流暢的節奏感。相比較而言，例一的節奏較快，例二的節奏較慢。例二的讀法更好一些，因為其節奏更流暢和從容。節奏有各種類型。有的比較舒緩，有的比較急促。不同內容的語句，應用不同的節奏類型。如"在｜船上，｜為了｜看日出，｜我｜特地｜起了個｜大早"，就宜用較舒緩的節奏。而"最後，｜那太陽｜終於衝破了雲霞，｜完全跳出了海面。"因是高潮的語句，宜用較快和較高亢的節奏。

## 一　詞語朗讀 🎧

| bàozhǐ | tǒngjì | yōuxián | mùbùxiájiē | xīnwén | yúlè | yǎnhuāliáoluàn |
|---|---|---|---|---|---|---|
| 報紙 | 統計 | 悠閒 | 目不暇接 | 新聞 | 娛樂 | 眼花繚亂 |

| yìnshuā | cǎizhào | tóutiáor | yí dà luò | jīngměi | jìshù | fāxíng |
|---|---|---|---|---|---|---|
| 印刷 | 彩照 | 頭條兒 | 一大摞 | 精美 | 技術 | 發行 |

**講解**

一大摞："摞"luò，量詞，用來表示重疊放在一起的東西。

發行："行"是多音字，在這裡讀 xíng，而不讀 háng。

## 二　課文朗讀 🎧

Xiānggǎng bàozhǐ zhī duō，wǒ gǎn shuō，zài shìjiè shàng shì
香港　報紙　之　多，我　敢　說，在　世界　上　是

shǎoyǒu de.
少有　的。

Tīngshuō yǒurén zuòguo tǒngjì，cóng bàozhǐ de fāxíngliàng lái kàn，
聽說　有人　做過　統計，從　報紙　的　發行量　來　看，

měitiān píngjūn měi liǎng gè Xiānggǎngrén jiù néng yǒu yí fèn bàozhǐ.
每天　平均　每　兩　個　香港人　就　能　有　一　份　報紙。

Qīngchén, nǐ kéyǐ kàndao, cóng chēzhàn dào cāntīng, dàochù dōu yǒu
清晨，你 可以 看到，從 車站 到 餐廳，到處 都 有

bàotānr, dàochù dōu yǒu kàn bào de rén. Dìtiě shang, nǐ kéyǐ kàndao
報攤兒，到處 都 有 看 報 的 人。地鐵 上，你 可以 看到

shàngbān de rén zài cōngcōng liúlǎn bàozhǐ de biāotí; jiǔlóu li, nǐ yě
上班 的 人 在 匆匆 瀏覽 報紙的 標題；酒樓 裡，你 也

huì fāxiàn yōuxián de rén, yìbiān pǐncháng zǎochá, yìbiān xìjiáo bàozhǐ. Zhè
會 發現 悠閒 的 人，一邊 品嘗 早茶，一邊 細嚼 報紙。這

yěshì Xiānggǎng de yì jǐng.
也是 香港 的 一景。

Xiānggǎng de bàozhǐ búdàn shùliàng duō, míngmù yě fánduō. Dān
香港 的 報紙 不但 數量 多，名目 也 繁多。單

shuō gè lèi Zhōngwén bào, néng yǒu jǐ shí zhǒng, ràng nǐ yǎnhuāliáoluàn,
說 各類 中文 報，能 有 幾十 種，讓 你 眼花繚亂，

mùbúxiájiē. Měi fèn bàozhǐ dōu shì hòuhòu yí dà luò, ràng nǐ yì tiān
目不暇接。每 份 報紙 都 是 厚厚 一 大 摞，讓 你 一 天

yě kàn bù wán. Bàozhǐ zhōng de lánmù yě wǔhuābāmén, yīngyǒujìnyǒu.
也 看 不 完。報紙 中 的 欄目 也 五花八門，應有盡有。

Bǐrúshuō xīnwén, jiù yǒu guójì xīnwén, Zhōngguó xīnwén, běngǎng xīnwén,
比如說 新聞，就 有 國際 新聞、 中國 新聞、 本港 新聞、

cáijīng xīnwén, dìchǎn xīnwén, jiàoyù xīnwén, háiyǒu shénme pǎomǎ xīnwén,
財經 新聞、地產 新聞、教育 新聞，還有 甚麼 跑馬 新聞、

tǐyù xīnwén, yúlè xīnwén, huābiānr xīnwén, xīnwén de xīnwén.
體育 新聞、娛樂 新聞、花邊兒 新聞，新聞 的 新聞。

Shìjièzhīdà, wúqíbùyǒu, bàozhǐ zhī duō, wúsuǒbùshōu. Zuì yǒu tèsè
世界之大，無奇不有，報紙 之 多，無所不收。最 有 特色

de xīnwén, mòguò yú nàxiē shèhuì xīnwén hé yúlè xīnwén le. Shénme chē
的 新聞，莫過 於 那些 社會 新聞 和 娛樂 新聞 了。甚麼 車

yā le rén, rén yǎo le gǒu, gǒu diū le zhǔzi, zhǔzi zhǎobúdào èrnǎi,
壓 了 人、人 咬 了 狗、狗 丟 了 主子、主子 找不到 二奶、

èrnǎi gàoshàng fǎtíng , fǎtíng wéibèi 《 Rénquán Fǎ 》 , děngděng , ràng
二奶 告上 法庭、法庭 違背 《 人權 法 》, 等等 ,讓

nǐ wénsuǒwèiwén . Zài Xiānggǎng , nǐ zhǐyào chū diǎnr shì , búlùn dàxiǎo ,
你 聞所未聞。在 香港 ,你 只要 出 點兒 事,不論 大小,

dōu gěi nǐ gè tóutiáor , zài jiā gè cǎizhào , bāo nǐ wúdìzìróng ,
都 給 你 個 頭條兒 ,再 加 個 彩照 ,包 你 無地自容、

tòngbúyùshēng . Xīnwén zìyóu le , nǐ kě bú yídìng zìyóu .
痛不欲生。新聞 自由 了,你 可 不 一定 自由。

Xiānggǎng bàozhǐ de lìng yí gè tèdiǎn , shì yìnshuā jīngměi . Zài zhè
香港 報紙 的 另 一 個 特點,是 印刷 精美。在 這

yì diǎn shàng , Xiānggǎng bàozhǐ zài quánshìjiè shì shǔyīshǔ'èr de . Kējì
一 點 上 , 香港 報紙 在 全世界 是 數一數二 的。科技

dàilái le xiānjìn de yìnshuā jìshù , gèzhǒng cǎisè de túpiàn , jīngměi
帶來 了 先進 的 印刷 技術 ,各種 彩色 的 圖片,精美

xìzhì , jiǎnzhí kěyǐ luànzhēn . Búguò , nàxiē cǎizhào yuèláiyuè duō ,
細緻,簡直 可以 亂真。不過,那些 彩照 越來越 多,

yuèláiyuè dà , jīhū zhànle dàbàn ge bǎnmiàn , biānjí rényuán shěngshì
越來越 大,幾乎 佔了 大半 個 版面,編輯 人員 省事

le , wén búgòu , tú lái còu , zài jiāshàng jǐ ge shuòdà wú bǐ de
了,"文 不夠,圖 來 湊",再 加上 幾 個 碩大 無比 的

biāotí , sānxiàwǔchú'èr , gòushù le . Kěshì , zhèyàng yì lái , bàozhǐ jiù
標題,三下五除二,夠數 了。可是,這樣 一 來,報紙 就

hé értóng huàbào chàbuduō le !
和 兒童 畫報 差不多 了!

---

**講解**

　　三下五除二:意為很快地、粗略地,而且常常是不負責任地做
完某事。類似的還有"不管三七二十一",意為不顧後果地做某事。

　　包你(如何如何):意為"一定讓你(如何如何)"。

　　這會兒:意即"這時候"。

乙 部 聆聽訓練

## 一 詞語聆聽

（一）詞語聽辨

**說 明**

① 一邊聽錄音，一邊做練習。先不要馬上重複聆聽，因為第一遍的聆聽辨詞最能測驗你現有的聽力；

② 再次收聽錄音，儘量將第一遍聆聽時沒有聽清楚，或聽錯的地方聽懂，以修正答案；

③ 核對課文後的答案；重新聆聽答錯的詞語，並將該詞語練習讀出及加以記憶；

④ 朗讀員會將每一題的詞語連讀兩次。請根據錄音中的語音，在該題所列的 4 個詞語中選取朗讀員讀出的詞語，並在書中填上或在 CD-ROM 光盤中剔選所屬的英文字母。

1. A.急行　　B.執行　　C.記性　　D.直升　　　答案：_____

2. A.謙虛　　B.簽署　　C.遣去　　D.錢數　　　答案：_____

3. A.仙子　　B.掀起　　C.限制　　D.鮮汁　　　答案：_____

4. A.起眼　　B.七夜　　C.契約　　D.企業　　　答案：_____

5. A.序曲　　B.輸出　　C.蓄存　　D.敘述　　　答案：_____

6. A.講話　　B.狡猾　　C.郊外　　D.教化　　　答案：_____

7. A.烏蠅　　B.嗚咽　　C.無益　　D.武藝　　　答案：_____

8. A.新門　　B.欣慰　　C.行為　　D.新聞　　　答案：_____

9. A.煙酒　　B.研究　　C.言重　　D.沿着　　　答案：_____

10. A.降價　　B.漲價　　C.講價　　D.加價　　　答案：_____


## （二）詞語聽寫 🎧

> ### 說明

① 錄音中，每題讀出一個句子，每句讀兩遍。在第一遍之後將重複讀出句中一個詞語；

② 根據錄音，將重複讀出的詞語寫出；或在 CD-ROM 中，以鼠標選擇答案。

例如：

聽錄音　　　他是我們公司的老客戶。客戶……他是我們公司的老客戶。

填 / 選答案　答案：<u>客戶</u>（在 CD-ROM 光盤中，則用鼠標剔選答案。）

11. _____　　16. _____

12. _____　　17. _____

13. _____　　18. _____

14. _____　　19. _____

15. _____　　20. _____


（三）詞語聽選　🎧

説 明

① 聆聽每題錄音之前，先迅速看一下文字題目，了解句子
大意；

② 收聽錄音內容，從朗讀員讀出的 4 個詞語中選取適當的詞
語，並寫出代表它的英文字母。（在 **CD-ROM** 中，請先試作
答，或顯示答案選擇後剔選。）

例如：

看題目　　　我的 _____ 是説，這個方案不一定可行。

聽錄音　　　A. 意思　B. 意識　C. 意義　D. 意志

填 / 選答案　答案：<u>A</u>（在 CD-ROM 光盤中，則用鼠標剔選答案。）

21. 開會時，他從來都不 _____ 。　　　　答案：_____

22. 年紀太 _____，怎麼可以一個人出門？　　答案：_____

23. 中環是香港的 _____ 貿易中心。　　答案：_____

24. 這一事件造成的 _____，要持續多久？　　答案：_____

25. 你這篇報道寫得有點兒 _____。　　答案：_____

## 二　短句聆聽 🎧

### 説 明

① 收聽錄音，錄音中將有幾個對話短句。

② 根據錄音中的説話內容，選擇一個適當答案，並將代表這個答案的字母填寫在該題的答案線上。（在 CD-ROM 中，請先顯示題目，再選答案。）

例如：

> **聽錄音**　男：為花了點兒錢就大吵一通，又讓人家看了場好戲。
>
> 　　　　問：説話人是甚麼意思？
>
> **選擇**　A.不該演戲　B.戲票太貴　C.炒賣蝕本　D.不該吵架
>
> **填/選答案**　答案：D（在 CD-ROM 光盤中，則用鼠標剔選答案。）

26. A. 不要打架

B. 不要插嘴

C. 不要胡鬧

D. 別跑來跑去　　　　答案：_____

27. A. 一百人左右

   B. 大大超過一百人

   C. 一百八十

   D. 不到八十　　　　　　　　　　　　答案：＿＿＿＿＿＿

28. A. 馬馬虎虎

   B. 不夠熱情

   C. 很不好

   D. 還湊合　　　　　　　　　　　　　答案：＿＿＿＿＿＿

29. A. 不講話，可心裡有主意

   B. 光說一些數字，不講別的

   C. 嘴上哼哼，但心裡着急

   D. 不出聲音，心裡計算數字　　　　答案：＿＿＿＿＿＿

30. A. 氣憤極了

   B. 很關心

   C. 不滿

   D. 無所謂　　　　　　　　　　　　　答案：＿＿＿＿＿＿

## 三　對話聆聽 🎧

### 説明

① 先快速看一遍題目，了解題目大意；

② 收聽錄音，並可邊聽邊做簡要記錄；

③ 在題目所列的 4 個答案中選出最恰當的一個，並將代表這

個答案的字母寫在答案線上（在 CD-ROM 中，可以鼠標剔選）。有時可能有多個答案都是"可以"的，但根據錄音中的內容，要選一個"最恰當"的。

31. 女的覺得頭條新聞太 _____。

    A. 悲慘

    B. 可怕

    C. 傷心

    D. 無聊　　　　　　　　　　　　　　答案：_____

32. 第二條新聞中，司機為甚麼會出車禍？

    A. 醉酒開快車

    B. 吸毒開車

    C. 生病後吃藥開車

    D. 溺水後繼續開車　　　　　　　　　答案：_____

33. 司機被送進醫院後，甚麼給扶起來了？

    A. 司機本人

    B. 頭

    C. 臉

    D. 鼻子　　　　　　　　　　　　　　答案：_____

34. 第三條新聞是講最近出現了一個：

    A. 個子不高的壞蛋

    B. 年紀不大的"色狼"

    C. 年輕的流浪漢

    D. 無家可歸的孩子　　　　　　　　　答案：_____

35. 會話的雙方對報紙的報道持甚麼態度？他們的觀點一致嗎？

A. 都認為挺有趣

B. 一個關心，一個無所謂

C. 共同感覺不滿

D. 都非常憤怒　　　　　　　　　　　　　答案：＿＿＿＿＿

**講解**

"色狼"這個詞本是香港使用的詞語，但近來已在北方地區流行。

## 四　短文聆聽

**說明**

① 快速看一下題目中的問題，以了解短文所可能涉及的內容；

② 認真收聽 CD-ROM 錄音一遍，同時做出必要的、簡明的記錄；

③ 回答問題。由於供選擇的答案都是容易混淆的，其中只有一個是正確的。所以要看完 4 個選擇之後，再作出判斷。

36. 為甚麼說話人只喝綠茶？

A. 醫生說，綠茶防癌

B. 綠茶治癌

C. 說話人相信報紙，喝綠茶防癌

D. 綠茶可防癡呆症　　　　　　　　　　　答案：＿＿＿＿＿

37. 說話人覺得不銹鋼鍋怎麼樣？

    A. 比鋁鍋好，不得癡呆症

    B. 容易得癡呆症

    C. 可以防癌

    D. 比鋁鍋結實　　　　　　　　　　　答案：＿＿＿＿＿

38. 為甚麼要強迫每人每天吃一塊白薯？

    A. 白薯的營養和水果一樣高

    B. 白薯的含鐵量高

    C. 蘋果、梨和葡萄等水果的營養價值都不及白薯高

    D. 白薯比蘋果、梨、葡萄等水果便宜　　答案：＿＿＿＿＿

39. 說話人為何“疑心了好幾天”？

    A. 懷疑自己得了癌

    B. 懷疑吃多了鐵，身體受了傷害

    C. 懷疑消化功能出了毛病

    D. 懷疑自己的血有問題　　　　　　　答案：＿＿＿＿＿

40. 根據報紙的建議，甚麼時候吃水果最佳？

    A. 飯後

    B. 早飯前

    C. 餓的時候

    D. 沒有固定的建議　　　　　　　　　答案：＿＿＿＿＿

丙
部 說話訓練

説 明

説話訓練部份共有 3 項內容。第一是"對話練習"；第二是"短講練習"；第三是"會話練習"。

這三種練習的方法不同，請閱讀每種練習前面的"説明"。

## 一 對話練習

説 明

本練習要求你將一段對話補充完整。

① 下面已有對話中的甲方説話內容，現假設你（乙方）正與甲方對話。請先閱讀甲方説話的文字內容，以了解甲方想表達的意思，並用一兩分鐘考慮一下，你應當如何與甲方説話。

② 打開 CD-ROM 光盤，每聽完錄音中甲方的一句話，跟着就説出一句你認為應當回應的話。注意：不要停止聆聽錄音和回應對話，要跟隨甲方的速度，將此篇對話完成。你的話要與

對方的話互相呼應，內容相連。

③ 作為乙方的你，在與甲方"對話"時，所使用的句子，在字數方面也要與甲方大致相當。例如，甲方説出一句約 10 個字的話，你的對話也應在 7～12 個字之間為宜。

④ 只要符合上面的要求，你可以儘可能多地使用不同的對話（通常至少應當想出 3 種不同的對話）。以下僅提供一種可能的對話，供你參考：

---

甲：你為甚麼還不去吃午飯？

乙：

甲：再忙也得吃飯啊！人是鐵，飯是鋼嘛！

乙：

你可以這樣回答：

甲：你為甚麼還不去吃午飯？

乙：這麼多的事還沒做完呢！

（或：瞧！這麼多工作，哪有時間吃飯哪！）

甲：再忙也要吃飯啊！人是鐵，飯是鋼嘛！

乙：工作要緊，等我做完這件事就去吃。

（或：一頓不吃沒關係，我已經習慣了。）

---

請完成下面的對話練習：

甲：喂，請問你們在看甚麼？

乙：

甲：甚麼！有炸彈？在樓裡？我的天呀！

乙：

甲：呀，可疑物體還吱吱響？快爆炸了！還不快跑？

乙：

甲：那也太危險了，我可不敢呆在這兒看熱鬧。

乙：

甲：排除了，你們還呆在這兒瞅甚麼？

乙：

甲：甚麼？軍火專家要把炸彈拿出來了？快跑吧！


## 二　短講練習

### 説明

① 先聆聽一段新聞報道的錄音；

② 根據新聞內容發表你的見解，做 1～2 分鐘的短講（大約 300 字）；

③ 可以邊聆聽邊記錄，作一簡要短講提綱；

④ 短講要求觀點明確，並再增加至少一例類似新聞中所報道的 事件以支持自己的觀點。


### 提示

1. 某商場中有圍欄掉下傷人；

2. 高樓墮物時有發生；

3. 建議政府加強監管建築商的施工質量及樓宇安全。

# 三 會話練習

**説 明**

　　這個練習是要求你設計一個特定情境中的會話，並由自己扮演會話雙方將會話完成。

① 閱讀新聞和圖畫，以及"情境提示"；

② 在心中設定一個場面和兩個或以上的説話者；

③ 根據設定的説話者的身份和口吻，以及特定的情境設計一段對話；

④ 開始自己與自己對話，對話總共不得少於 10 句。注意要有合乎邏輯的內容；

⑤ 完成自我對話後，再閱讀本書"附錄三"或 CD-ROM 內本單元的"會話示範"及聆聽範文的錄音，以資參考和對照。

先閱讀下面的一則新聞，然後設計一段兩人對話。對話內容要與新聞有關：

本報消息：昨天下午，一名 20 歲女子在觀塘的家中從八樓跳下，企圖自殺。其時剛好一輛私家車駛過其窗下。女子落下時剛好砸在私家車的車頭部。私家車司機重傷送院，情況危殆。而跳樓女子已脫離危險，目前傷勢穩定。私家車嚴重損壞。交通一度被警方封鎖達 3 小時。據悉，企圖自殺之女子徐某為荃灣一家寵物店店員，樣貌美艷。3 個月前與有婦之夫、寵物店老闆林某相戀。林某害怕戀情洩漏，主動提出分手。徐某一怒之下，企圖自殺。事後，林某到醫院探望並守候，兩人表現出欲斷難斷之情。

提示

可以先談論發生了甚麼事情，再對事件表示態度。注意對話的特點和使用口語詞。

# 單元十二 ●

# 生意興隆
## （經濟）

訓練目標：

■ 能以“經濟”和“工作”為基本話題進行聽
   說活動

■ 聽懂有關經濟和工作問題的討論或介紹

■ 能用正確的語音、恰當的詞語講述或討論經
   濟和工作方面的問題

甲 部 朗讀訓練

**講解**

　　朗讀過程中，要注意一個“基調”的問題。甚麼是基調呢？

　　基調是指一篇文章的總體的情感和語調的基礎。例如，朗讀一篇童話小故事，它的基調往往是親切訴說、娓娓道來的；朗讀一篇抒情性散文，其基調一般是情感細膩，語氣和語調則是一唱三嘆的；而朗讀一篇敘事性的故事，其基調往往是平和的，繪聲繪色的。有的文章基調悲愴和深沉，有的歡快和明亮，有的恢諧，有的則高昂。

　　一般說來，一篇文章只有一種基調，這種基調是存在於文章之中的。朗讀前要認真閱讀材料，體會出這一基調。重要的還在於，這一基調在朗讀開始之前就應在心中明確，而不是在朗讀過程中才感受到。所以，在朗讀的準備階段，重要工作是發現和確定一篇朗讀材料的基調。正確把握這一點，朗讀就可能成功了一半。

　　另外，還要注意，不同體裁的朗讀材料也會有不同的基調。如記敘文、散文、論說文、新聞、小說、詩歌、戲劇、寓言故事，等等，都有自己的特點，都對朗讀時的基調形成影響。

| jiàngjí | chuàngyè | bùjǐngqì | nánchu | bìyè | bènzhe | jīngjì | zīběn |
|---|---|---|---|---|---|---|---|
| 降級 | 創業 | 不景氣 | 難處 | 畢業 | 奔着 | 經濟 | 資本 |

| shěngchī-jiǎnyòng | zǎn | shèjì | hóngtú-dàjì | lǎoshibājiāo | xiéménr |
|---|---|---|---|---|---|
| 省吃儉用 | 攢 | 設計 | 鴻圖大計 | 老實巴交 | 邪門兒 |

**講解**

　　難處：“處”這裡讀輕聲，表示“困難”。另外若“處”讀第三聲則是“不容易相處”的意思。

　　資本：注意，“資”的聲母為 z，要讀 zī，不要讀成 jī。

二　課文朗讀 🎧

Wǒ yǒu yí wèi péngyou , míng jiào Ā Xióng . Shí nián qián , tā gēn
我 有 一 位 朋友 ， 名 叫 阿 雄 。 十 年 前 ， 他 跟

jiārén láidào Xiānggǎng . Hé xǔduō xīn yímín yíyàng , tā jiàng le jí ,
家人 來到 香港 。 和 許多 新 移民 一樣 ， 他 降 了 級 ，

èrshiyī suì shí cái hé wǒ yìqǐ zhōngwǔ bìyè . Wǒ shàngle gāozhōng ,
二十一 歲 時 才 和 我 一起 中五 畢業 。 我 上了 高中 ，

bènzhe kǎo dàxué , ér Ā Xióng ne , kāishǐ le gōngzuò . Qǐbù bǐ biéren
奔着 考 大學 ， 而 阿 雄 呢 ， 開始 了 工作 。 起步 比 別人

wǎnle xiē , yòu gǎnshàng ge jīngjì bù jǐngqì , nánchu kěxiǎngérzhī .
晚了 些 ， 又 趕上 個 經濟 不 景氣 ， 難處 可想而知 。

Dànshì Ā Xióng yǒu chuàngyè de juéxīn , yídìng yào báishǒuqǐjiā , yíng tóu
但是 阿 雄 有 創業 的 決心 ， 一定 要 白手起家 ， 迎 頭

gǎnshàng .
趕上 。

Bìyè hòu, tōngguò péngyou jièshào, tā xiān dāngle bàn nián jiànzhù
畢業後，通過 朋友 介紹，他 先 當了 半 年 建築

gōngdì de zágōng, hòulái yòu gēn rén gǎo shìnèi zhuāngxiū. Xīnxīn-kǔkǔ yì
工地 的 雜工，後來 又 跟 人 搞 室內 裝修。辛辛苦苦 一

nián xiàlai, shěngchījiǎnyòng de Ā Xióng què yě zǎnxiale jǐ wàn kuài qián.
年 下來，省吃儉用 的 阿 雄 卻 也 攢下了 幾 萬 塊 錢。

Yúshì, tā jiù kāishǐ shèjì zìjǐ de hóngtú-dàjì, zhǔnbèi lìyòng
於是，他 就 開始 設計 自己 的 鴻圖大計，準備 利用

zhè diǎnr zīběn zìjǐ chuàngyè.
這 點兒 資本 自己 創業。

Tā zài yí ge jūmínqū zū le yì jiān xiǎoxiǎo de diànpù, zài fùqin
他 在 一 個 居民區 租 了 一 間 小小 的 店舖，在 父親

de bāngzhù xia, mǎile liǎng tái xǐyījī, kāiqǐle Báigē Xǐyīdiàn.
的 幫助 下，買了 兩 台 洗衣機，開起了"白鴿 洗衣店"。

Báitiān dēng mén sòng huò, yèshēn-rénjìng zhī shí, Ā Xióng de xǐyījī hái
白天 登 門 送 貨，夜深人靜之時，阿 雄 的 洗衣機 還

zài wēngwēng xiǎng.
在 嗡嗡 響。

Kàozhe tā de xīnqín nǔlì hé yí fù lǎoshíbājiāo de miànkòng, bàn
靠着 他的 辛勤 努力 和 一 副 老實巴交 的 面孔，半

nián hòu, biàn zhànzhù le jiǎo. Nà huí wǒ lùguò tā nà jiā Báigē Diàn,
年 後，便 站住 了 腳。那 回 我 路過 他 那 家"白鴿店"，

shùnbiàn jìnqu kànkan lǎo yǒu. Nǐ cāi zěnmezhe, yíngjiē wǒ de què shì yí
順便 進去 看看 老友。你 猜 怎麼着，迎接 我 的 卻 是 一

wèi zhuóshí búcuò, bīnbīnyǒulǐ de xiǎojie. Xiǎngbudào Ā Xióng zhè xiǎozi
位 着實 不錯、彬彬有禮 的 小姐。想不到 阿 雄 這 小子

hái zhēn yǒuliǎngxiàzi, jìng gù shang rén, dāng qǐ lǎobǎn lai le! Hēi,
還 真 有兩下子，竟 僱 上 人，當 起 老闆 來 了！嘿，

xiéménr!
邪門兒！

## 講 解

晚了些個：“晚了一點兒”之意。“些個”，就是“一些”“一點”的意思。

老實巴交：即誠實忠厚。

邪門兒：在這裡表示“意想不到”。

奔着：奔是多音字，在這裡讀 bèn，意為“朝某目標而努力”。

着實：表示“真的”“實在”之意。

乙 部 聆聽訓練

## 一 詞語聆聽

（一）詞語聽辨

說明

① 一邊聽錄音，一邊做練習。先不要馬上重複聆聽，因為第一遍的聆聽辨詞最能測驗你現有的聽力；

② 再次收聽錄音，儘量將第一遍聆聽時沒有聽清楚，或聽錯的地方聽懂，以修正答案；

③ 核對課文後的答案；重新聆聽答錯的詞語，並將該詞語練習讀出及加以記憶；

④ 朗讀員會將每一題的詞語連讀兩次。請根據錄音中的語音，在該題所列的 4 個詞語中選取朗讀員讀出的詞語，並在書中填上或在 CD-ROM 光盤中剔選所屬的英文字母。

例如：

| 聽錄音 | 詳細；詳細 |
| 選擇 | A. 強勢　B. 嘗試　C. 詳細　D. 賞識 |
| 填 / 選答案 | 答案： C（在 CD-ROM 光盤中，則用鼠標剔選答案。） |

1. A. 外語　　B. 外遇　　C. 賣魚　　D. 買玉　　答案：＿＿＿＿＿

2. A. 洗碗　　B. 希望　　C. 失望　　D. 今晚　　答案：＿＿＿＿＿

3. A. 熬粥　　B. 歐洲　　C. 澳洲　　D. 凹凸　　答案：＿＿＿＿＿

4. A. 幾箱　　B. 吉祥　　C. 橘香　　D. 跡象　　答案：＿＿＿＿＿

5. A. 志願　　B. 只怨　　C. 資源　　D. 支援　　答案：＿＿＿＿＿

6. A. 毛衣　　B. 模擬　　C. 貿易　　D. 冒雨　　答案：＿＿＿＿＿

7. A. 政治　　B. 競技　　C. 金雞　　D. 經濟　　答案：＿＿＿＿＿

8. A. 投資　　B. 投機　　C. 透支　　D. 偷雞　　答案：＿＿＿＿＿

9. A. 機票　　B. 支票　　C. 幾票　　D. 紙票　　答案：＿＿＿＿＿

10. A. 擴張　　B. 過賬　　C. 擴展　　D. 寬敞　　答案：＿＿＿＿＿

## （二）詞語聽寫 🎧

**説 明**

① 錄音中，每題讀出一個句子，每句讀兩遍。在第一遍之後將重複讀出句中一個詞語；

② 根據錄音，在書中將重複讀出的詞語寫出；或在 CD-ROM 中，以鼠標選擇答案。

例如：

> 聽錄音　　　他是我們公司的老客戶。客戶……他是我們公司的老客戶。
>
> 填 / 選答案　答案：客戶（在 CD-ROM 光盤中，則用鼠標剔選答案。）

| | |
|---|---|
| 11. _____ | 16. _____ |
| 12. _____ | 17. _____ |
| 13. _____ | 18. _____ |
| 14. _____ | 19. _____ |
| 15. _____ | 20. _____ |

## （三）詞語聽選 🎧

### 說明

① 聆聽每題錄音之前，先迅速看一下文字題目，了解句子大意；

② 收聽錄音內容，從朗讀員讀出的 4 個詞語中選取適當的詞語，並寫出代表它的英文字母。（在 **CD-ROM** 中，請先試作答，或顯示答案選擇後剔選。）

例如：

> 看題目　　　我的 _____ 是說，這個方案不一定可行。
>
> 聽錄音　　　A. 意思　B. 意識　C. 意義　D. 意志
>
> 填 / 選答案　答案：A（在 CD-ROM 光盤中，則用鼠標剔選答案。）

21. 都 _____ 了，你還不給朋友們寄卡。　　　答案：_____

22. 剪紙是 ＿＿＿＿＿＿＿ 的民間藝術。　　　　答案：＿＿＿＿

23. 中東地區經常發生摩擦 ＿＿＿＿＿＿＿。　　答案：＿＿＿＿

24. 從 ＿＿＿＿＿＿＿ 利益出發，中法俄等國不支持美英
在中東動武。　　　　　　　　　　　　　答案：＿＿＿＿

25. 這個案件 ＿＿＿＿＿＿＿ 到政府的一些要員，所以要
謹慎處理。　　　　　　　　　　　　　　答案：＿＿＿＿

## 二　短句聆聽

### 説明

① 收聽錄音，錄音中將有幾個對話短句。

② 根據錄音中的説話內容，選擇一個適當答案，並將代表這個
答案的字母填寫在該題的答案線上。（在 CD-ROM 中，請先
顯示題目，再選答案。）

例如：

聽錄音　　男：為花了點錢就大吵一通，又讓人家看了場好戲。

　　　　　問：説話人是甚麼意思？

選擇　　　A. 不該演戲　B. 戲票太貴　C. 炒賣蝕本　D. 不該吵架

填 / 選答案　答案：D（在 CD-ROM 光盤中，則用鼠標剔選答案。）

26. A. 看上去有點兒笨

　　B. 精明強幹

　　C. 心靈手巧

D. 很瀟灑英俊　　　　　　　　　　　答案：＿＿＿＿＿

27. A. 花言巧語

B. 常講假話

C. 常吹牛

D. 喜歡嚇唬人　　　　　　　　　　　答案：＿＿＿＿＿

28. A. 送一頂很高的帽子

B. 說好聽的話

C. 貶低

D. 幫別人忙　　　　　　　　　　　　答案：＿＿＿＿＿

29. A. 不了解他的過去

B. 看不見他

C. 不能容忍

D. 不瞧他　　　　　　　　　　　　　答案：＿＿＿＿＿

30. A. 氣憤極了

B. 巴結不過來

C. 嫉妒不得了

D. 求之不得　　　　　　　　　　　　答案：＿＿＿＿＿

## 三　對話聆聽 🎧

説明

① 先快速看一遍題目，了解題目大意；

② 收聽錄音，並可邊聽邊做簡要記錄；

③ 在題目所列的 4 個答案中選出最恰當的一個，並將代表這個答案的字母寫在答案線上（在 **CD-ROM** 中，可以鼠標剔選）。有時可能有多個答案都是 "可以" 的，但根據錄音中的內容，要選一個 "最恰當" 的。

31. 買家想了解甚麼情況？

A. 產品的價格變化

B. 有多少種產品

C. 產品的性能

D. 包括上述 3 種情況　　　　　　　　　　答案：＿＿＿＿＿

32. 他們談論甚麼方面的產品

A. 醫藥方面的

B. 化工方面的

C. 服裝方面的

D. 電子方面的　　　　　　　　　　　　　答案：＿＿＿＿＿

33. 下面哪一項不是賣家產品漲價的理由？

A. 原料價格提高了

B. 火車運費增加了

C. 租船費貴了

D. 產品的質量提高了　　　　　　　　　　答案：＿＿＿＿＿

34. 買家為甚麼考慮到別的地區買貨？

A. 賣家的態度不好

B. 買家的顧客太少

C. 賣方的產品不符合要求

D. 產品太貴　　　　　　　　　　　　答案：_____

35. 雙方達成協議沒有？

A. 達成了

B. 吹了

C. 仍有希望

D. 沒希望　　　　　　　　　　　　　答案：_____

## 四　短文聆聽

### 説 明

① 快速看一下題目中的問題，以了解短文所可能涉及的內容；

② 認真收聽錄音一遍，同時做出必要的、簡明的記錄；

③ 回答問題。由於供選擇的答案都是容易混淆的，其中只有一
個是適當的。所以要看完 4 個選擇之後，再作出判斷。

36. 這篇短講，估計是

A. 一段新產品使用說明

B. 一段商業性演講

C. 一則商業廣告

D. 一段生意洽談的對話　　　　　　　答案：_____

37. 錄音中介紹的是一種

A. 新型錄音機，它的最大特點是外形小

B. 新電腦，它的最大特點是功能多

C. 新收音機，它的最大特點是攜帶方便

D. 新文具，它的最大特點是價錢便宜　　　　答案：＿＿＿＿＿＿

38. 這種新產品的功能有：

A. 錄音、錄像與電話接通並錄音

B. 錄音、播放錄音與電視接通並錄像

C. 錄音、播放錄音與 CD 機接通並播放音樂

D. 錄音、播放錄音與電話接通並錄音　　　　答案：＿＿＿＿＿＿

39. 根據錄音，該產品最適合：

A. 秘書、記者、學生和商務人士

B. 秘書、記者、教師和商務人士

C. 醫生、記者、學生和商務人士

D. 秘書、警察、學生和商務人士　　　　答案：＿＿＿＿＿＿

40. 該產品的銷售和價格情況：

A. 一年內特價發售，親臨現金購買八折酬賓

B. 十日內特價發售，親臨現金購買八折酬賓

C. 親臨現金購買九折酬賓，電話信用卡訂貨八折優惠

D. 一年內特價發售，全港各大電器店有售八折酬賓

答案：＿＿＿＿＿＿

**説 明**

説話訓練部份共有 3 項內容。第一是 "對話練習"；第二是 "短講練習"；第三是 "會話練習"。

這三種練習的方法不同，請閱讀每種練習前面的 "説明"。

## 一　對話練習

**説 明**

本練習要求你將一段對話補充完整。

① 下面已有對話中的甲方説話內容，現假設你（乙方）正與甲方對話。請先閱讀甲方説話的文字內容，以了解甲方想表達的意思，並用一兩分鐘考慮一下，你應當如何與甲方説話。

② 打開 CD-ROM 光盤，每聽完錄音中甲方的一句話，跟着就説出一句你認為應當回應的話。注意：不要停止聆聽錄音和回應對話，要跟隨甲方的速度，將此篇對話完成。你的話要與

對方的話互相呼應，內容相連。

③ 作為乙方的你，在與甲方＂對話＂時，所使用的句子，在字數方面也要與甲方大致相當。例如，甲方説出一句約 10 個字的話，你的對話也應在 7～12 個字之間為宜。

④ 只要符合上面的要求，你可以儘可能多地使用不同的對話（通常至少應當想出 3 種不同的對話）。以下僅提供一種可能的對話，供你參考：

甲：你為甚麼還不去吃午飯？

乙：

甲：再忙也得吃飯啊！人是鐵，飯是鋼嘛！

乙：

你可以這樣回答：

甲：你為甚麼還不去吃午飯？

乙：這麼多的事還沒做完呢！

（或：瞧！這麼多工作，哪有時間吃飯哪！）

甲：再忙也要吃飯啊！人是鐵，飯是鋼嘛！

乙：工作要緊，等我做完這件事就去吃。

（或：一頓不吃沒關係，我已經習慣了。）

請完成下面的對話練習：

甲：老張，我這回可慘了！不行我得跳樓了！

乙：

甲：不是開玩笑，真是倒霉透了！

乙：

甲：都不是，比那嚴重多了。你沒看報紙嗎？

乙：

甲：不是我上了報紙，而是這兩天股票大跌，恆指跌到一萬以下啦！

乙：

甲：以前我是不碰那玩意兒。不過，上個月股票牛漲，我眼一紅，唉！

乙：

甲：不瞞老兄您說，我把十幾年來辛辛苦苦攢下的那點血汗錢全買了股票啦！

乙：

甲：人為財死，鬼迷心竅啦！這回，損失了一大半！

乙：

甲：謝謝老兄的開導。明天說不定跌的更多，"一落千丈"了！

## 二　短講練習

**說明**

① 閱讀下列新聞內容，並做 1～2 分鐘的短講（大約 300 字）。

② 準備 5 分鐘，可以寫出一個簡要的提綱，但不可寫成短文照讀。

③ 要求語音準確、語速適中、用詞正確、語意順暢。

④ 要求聯繫香港或自己熟悉的情況，講述要觀點明確，層次
清晰。

日本總務廳日前公佈，上月的失業人數達329萬人，失業率
4.9%。這是自1953年以來的最高失業率。其中以中小型公司的裁
員情況最為嚴重。總務廳的數字顯示，年紀較大的人佔失業人數
的比例最高。年齡在55～64歲的人士失業率達5.1%。另一份報告
指出，日本在6月份的家庭開支較5月份下跌2.4%，為4個月來
首次出現的跌幅。失業數字公佈後，日本政府有關部門表示會慎
重研究所有可以改善就業情況的方案。日本政府本月已通過一項
計劃，撥款5,400億日圓（約787億港元）以創造70萬個職位。
但是有專家指出，這一計劃不過是杯水車薪，無濟於事。有分析
家預測，日本的失業率近期不但不能緩和，而且年底時，可能會
升至5.5%。

**提示**

1. 不但日本，香港也有同樣的失業情況。

2. 不但失業，新人就業亦難。

3. 香港政府的對策，以及你的評價或建議。

注意：不必使用很多專門術語和統計數字。

**講解**

因為內容的關係，"短講示範"使用的口氣和詞語接近書面語，
或者說"較為正式"一些。

三　會話練習

説明

　　這個練習是要求你設計一個特定情境中的會話，並由自己扮演
會話雙方將會話完成。

①閱讀題目和圖畫，以及"情境提示"；

②在心中設定一個場面和兩個或以上的説話者；

③根據設定的説話者的身份和口吻，以及特定的情境設計一段
　對話；

④開始自己與自己對話，對話總共不得少於 10 句。注意要有合
　乎邏輯的內容；

⑤完成自我對話後，再閱讀本書"附錄三"或 CD-ROM 內本單
　元的"會話示範"及聆聽範文的錄音，以資參考和對照。

根據下面的題目和圖畫，從經濟發展的角度設計一篇對話。設計時可參考“提示”中的內容，也可與提示內容完全不同。

　　題目：東方之珠

## 情境提示

　　男女兩人在談論香港的經濟發展。女的提出“消費指數是一個城市經濟發達的標誌”的觀點。注意，男女兩人性格可有所不同，用語也應有所差別。

## 講解

　　打哪兒學來的：普通話口語中常用“打”來代替“從”，兩詞意思相同。

# 附錄
## 一 "乙部 聆聽訓練"答案*

### 單元一 你認識她嗎？（交際）

#### 乙部 聆聽訓練

一 詞語聆聽

（一）詞語聽辨

　　1. B；2. C；3. A；4. C；5. D；6. A；7. B；8. C；9. D；10. A

（二）詞語聽寫

　　11. 熟悉；12. 面熟；13. 記性；14. 發福；15. 對象；16. 學員；17. 毛病；

　　18. 俊俏；19. 雙胞胎；20. 爽快

（三）詞語聽選

　　21. D；22. A；23. B；24. A；25. A

二 短句聆聽

　　26. D；27. D；28. C；29. A；30. B

三 對話聆聽

　　31. B；32. C；33. B；34. A；35. D

四 短文聆聽

　　36. B；37. D；38. B；39. C；40. B

---

\* 本附錄答案另收入 CD-ROM 內。

## 單元二　您住哪兒？（環境）

### 乙部　聆聽訓練

一　詞語聆聽

（一）詞語聽辨

　　1. B；2. A；3. D；4. A；5. D；6. D；7. C；8. C；9. D；10. D

（二）詞語聽寫

　　11. 臥室；12. 菜市；13. 嫌遠；14. 講究；15. 髒勁兒；16. 清靜；
　　17. 打盹兒；18. 噪音；19. 堵車；20. 託兒所

（三）詞語聽選

　　21. B；22. B；23. C；24. A；25. D

二　短句聆聽

　　26. C；27. A；28. C；29. B；30. C

三　對話聆聽

　　31. D；32. B；33. C；34. D；35. C

四　短文聆聽

　　36. C；37. A；38. B；39. A；40. C

## 單元三　南腔北調（語言）

### 乙部　聆聽訓練

一　詞語聆聽

（一）詞語聽辨

　　1. A；2. A；3. B；4. B；5. D；6. A；7. C；8. B；9. D；10. D

（二）詞語聽寫

　　11. 演講；12. 江水；13. 聽眾；14. 腔調；15. 根本；16. 遙距；17. 外語；

18. 閩語；19. 舌戰；20. 口齒

（三）詞語聽選

21. B；22. A；23. D；24. A；25. C

二　短句聆聽

26. B；27. D；28. A；29. A；30. C

三　對話聆聽

31. D；32. A；33. A；34. B；35. A

四　短文聆聽

36. D；37. C；38. B；39. C；40. B

## 單元四　八號風球（天氣）

## 乙部　聆聽訓練

一　詞語聆聽

（一）詞語聽辨

1. D；2. B；3. D；4. A；5. A；6. C；7. A；8. D；9. B；10. C

（二）詞語聽寫

11. 街上；12. 軍艦；13. 雨傘；14. 瑞雪；15. 避雨；

16. 習慣；17. 別提；18. 裘皮；19. 繁花似錦；20. 風雪交加

（三）詞語聽選

21. B；22. C；23. A；24. C；25. B

二　短句聆聽

26. A；27. C；28. D；29. C；30. B

三　對話聆聽

31. B；32. A；33. C；34. B；35. C

四　短文聆聽

36. B；37. C；38. A；39. B；40. D

## 單元五 去哪兒度假？（旅遊）

### 乙部 聆聽訓練

一 詞語聆聽

（一）詞語聽辨

    1. A；2. B；3. C；4. A；5. A；6. C；7. C；8. C；9. B；10. D

（二）詞語聽寫

    11. 遊客；12. 無窮；13. 機票；14. 陡峭；15. 手續；16. 旭日；17. 儲蓄；
    18. 雲霞；19. 吸引；20. 簡直

（三）詞語聽選

    21. B；22. A；23. C；24. A；25. D

二 短句聆聽

    26. B；27. A；28. D；29. C；30. C

三 對話聆聽

    31. B；32. A；33. B；34. C；35. D

四 短文聆聽

    36. B；37. C；38. C；39. A；40. A

## 單元六 吃點兒甚麼？（飲食）

### 乙部 聆聽訓練

一 詞語聆聽

（一）詞語聽辨

    1. C；2. A.；3. A；4. C；5. D；6. B；7. C；8. B；9. D；10. B

（二）詞語聽寫

    11. 細菌；12. 劑量；13. 烤製；14. 發酵；15. 牛肉包；16. 鴛鴦；17.

餃子餡；18. 果汁兒；19. 涮羊肉；20. 核桃

（三）詞語聽選

21. A；22. B；23. B；24. C；25. D

二 短句聆聽

26. C；27. A；28. A；29. D；30. B

三 對話聆聽

31. B；32. A；33. A；34. D；35. C

四 短文聆聽

36. D；37. C；38. D；39. A；40. B

## 單元七 周末消遣（娛樂）

## 乙部 聆聽訓練

一 詞語聆聽

（一）詞語聽辨

1. D；2. A；3. C；4. D；5. B；6. B；7. C；8. C；9. A；10. D

（二）詞語聽寫

11. 沉浸；12. 欣賞；13. 吉祥；14. 成群；15. 雄心；16. 仙境；17. 大型；
18. 佳餚；19. 加塞兒；20. 圓潤

（三）詞語聽選

21. A；22. B；23. D；24. C；25. B

二 短句聆聽

26. D；27. B；28. D；29. C；30. B

三 對話聆聽

31. C；32. A；33. D；34. A；35. D

四 短文聆聽

36. B；37. A；38. C；39. D；40. A

## 單元八　龍舟比賽（習俗）

### 乙部　聆聽訓練

**一　詞語聆聽**

**（一）詞語聽辨**

1. B；2. A；3. A；4. D；5. B；6. B；7. A；8. C；9. D；10. B

**（二）詞語聽寫**

11. 講究；12. 委屈；13. 習慣；14. 囂張；15. 勤懇；16. 風俗；17. 情趣；
18. 橫聯兒；19. 相交；20. 什錦

**（三）詞語聽選**

21. B；22. A；23. C；24. D；25. A

**二　短句聆聽**

26. B；27. B；28. C；29. C；30. D

**三　對話聆聽**

31. A；32. D；33. D；34. C；35. B

**四　短文聆聽**

36. B；37. C；38. A；39. C；40. D

## 單元九　健康是福（保健）

### 乙部　聆聽訓練

**一　詞語聆聽**

**（一）詞語聽辨**

1. C；2. B；3. A；4. C；5. D；6. B；7. A；8. D；9. D；10. A

**（二）詞語聽寫**

11. 劑量；12. 削減；13. 解剖；14. 洽談；15. 網絡；16. 遺傳；17. 奢望；

18. 乞丐；19. 科學；20. 機器

（三）詞語聽選

21. D；22. B；23. A；24. D；25. C

二　短句聆聽

26. A；27. D；28. C；29. B；30. D

三　對話聆聽

31. C；32. D；33. B；34. A；35. B

四　短文聆聽

36. C；37. D；38. B；39. A；40. D

## 單元十　流行款式（購物）

## 乙部　聆聽訓練

一　詞語聆聽

（一）詞語聽辨

1. A；2. C；3. B；4. D；5. B；6. B；7. C；8. D；9. A；10. D

（二）詞語聽寫

11. 資金；12. 質量；13. 皮兒；14. 地攤兒；15. 約準；16. 片劑；17. 貴賤；18. 換季降價；19. 得；20. 夾克

（三）詞語聽選

21. B；22. D；23. A；24. C；25. D

二　短句聆聽

26. B；27. D；28. A；29. B；30. C

三　對話聆聽

31. C；32. B；33. B；34. D；35. B

四　短文聆聽

36. D；37. B；38. C；39. D；40. A

## 單元十一　最新消息（新聞）

### 乙部　聆聽訓練

**一　詞語聆聽**

**（一）詞語聽辨**

　　1. B；2. A；3. C；4. D；5. A；6. B；7. C；8. D；9. B；10. A

**（二）詞語聽寫**

　　11. 模特兒；12. 具有；13. 集會；14. 軟件；15. 糾紛；16. 保障；17.
　　威脅；18. 棘手；19. 世貿；20. 迫不得已

**（三）詞語聽選**

　　21. D；22. C；23. D；24. C；25. B

**二　短句聆聽**

　　26. B；27. A；28. C；29. A；30. C

**三　對話聆聽**

　　31. B；32. A；33. D；34. B；35. C

**四　短文聆聽**

　　36. C；37. A；38. C；39. B；40. D

## 單元十二　生意興隆（經濟）

### 乙部　聆聽訓練

**一　詞語聽辨**

**（一）詞語聽辨**

　　1. A；2. B；3. C；4. B；5. D；6. C；7. D；8. A；9. B；10. C

**（二）詞語聽寫**

　　11. 規律；12. 塑料；13. 集裝箱；14. 製造；15. 要道；16. 格局；17.

企業；18. 賺錢；19. 剝削；20. 局限

（三）詞語聽選

21. B；22. C；23. D；24. D；25. B

二 短句聆聽

26. A；27. C；28. B；29. C；30. D

三 對話聆聽

31. A；32. B；33. D；34. D；35. C

四 短文聆聽

36. C；37. A；38. D；39. A；40. B

附錄 二 "乙部　聆聽訓練" 錄音原文

## 單元一　你認識她嗎？（交際）

### 乙部　聆聽訓練

#### 一　詞語聆聽

**（一）詞語聽辨〔第1～10題〕**

1. 同事；同事
2. 您好；您好
3. 高個兒；高個兒
4. 認識；認識
5. 退休；退休
6. 詩人；詩人
7. 大使；大使
8. 聲望；聲望
9. 幸福；幸福
10. 捐款；捐款

**（二）詞語聽寫〔第11～20題〕**

11. 我不熟悉那個女孩子。熟悉……我不熟悉那個女孩子。

12. 她看上去挺面熟。面熟……她看上去挺面熟。

13. 瞧您這記性，連我都不認識了？記性……瞧您這記性，連我都不認識了？

14. 幾年不見，您可發福了！發福……幾年不見，您可發福了！

15. 你可真有福氣，找了個這麼好的對象！對象……你可真有福氣，找了個這麼好的對象！

16. 你也是科技學院的學員嗎？學員……你也是科技學院的學員嗎？

17. 大夫，我這毛病有沒有甚麼危險？毛病……大夫，我這毛病有沒有甚麼危險？

18. 她的模樣可真俊俏，怪不得外號叫"小美人兒"。俊俏……她的模樣可真俊俏，怪不得外號叫"小美人兒"。

19. 他倆是雙胞胎，看上去好像差了好幾歲似的。雙胞胎……他倆是雙胞胎，看上去好像差了好幾歲似的。

20. 這人真爽快，一見面就像老朋友似的。爽快……這人真爽快，一見面就像老朋友似的。

### （三）詞語聽選〔第 21～25 題〕

21. A. 煮飯　　　B. 煮菜　　　C. 烹飪　　　D. 做飯
22. A. 口氣　　　B. 脾氣　　　C. 感情　　　D. 相貌
23. A. 男仔　　　B. 孩子　　　C. 女仔　　　D. 小夥子
24. A. 信用　　　B. 信心　　　C. 志氣　　　D. 自律
25. A. 再　　　　B. 先　　　　C. 也　　　　D. 還

## 二　短句聆聽〔第 26～30 題〕

26. 男：原來是他呀！放心吧，我倆可是沒說的！
　　問：說話人是甚麼意思？

27. 男：怎麼就你一個人來了？太太呢？又鬧彆扭啦？
　　問：說話人是甚麼意思？

28. 男：平時請都請不來，今天是甚麼風把你吹來了？
　　問：說話人是甚麼意思？

29. 男：我這人一輩子只有一個缺點，抽煙，不過，還戒了。
　　問：說話人是甚麼意思？

30. 男：李經理既然不在，那我走了。
　　女：哼，你就認識李經理！
　　問：女的是甚麼意思？

## 三　對話聆聽〔第 31～35 題〕

男：喂，請問吳先生在不在？
女：吳先生？
男：對呀，他是你們公司的頭兒。
女：可我們沒姓吳的頭兒哇。您打錯電話了吧？

男：沒錯，您是不是廣源公司？

女：對呀。

男：那你們公司沒姓吳的？

女：姓吳的倒有，不過不是先生而是小姐，您要找的是男的，還是女的？

男：當然是男的了。

女：那就奇怪了。

男：我要找的那位吳先生大約四十多歲，戴眼鏡兒的。噢，禿頭。

女：噢，您是不是要找胡主任呀。

男：對，對，就是胡主任，我的普通話不大好，吳胡不分。

女：真不巧，胡主任昨天一早到外地出差了。

男：怎麼可能呢，今天上午我們還通過電話呢。

女：真的？

男：那還有假？

女：噢，我明白了，他是從廣州給您打的電話，不是香港。

男：對對，瞧我這糊塗！

四　短文聆聽〔第 36～40 題〕

地鐵車廂的門一開，輕悠悠地走進一位妙齡女郎。阿宏偷偷瞧了一眼，一時差點回不過神兒來。那女郎太美了！說來也巧，阿宏旁邊剛好有個空位，那女郎走過來緊挨着阿宏坐下。車廂裡的人越來越多，那女郎也越來越緊地靠在阿宏身上。一路上，阿宏像喝了酒一樣飄飄然。

到站了，阿宏情不自禁地踩了那女郎的腳一下。"對不起！"阿宏做賊心虛地說了一句。誰知那女子嫣然一笑，倒很大方地說："沒關係，再見！"

阿宏有點神魂顛倒了，像醉了酒一般回到家裡，耳邊迴響着那女郎悅耳的聲音。直到妻子大喝一聲"你的錢包怎麼不見了"，阿宏才猛然醒悟。

## 單元二 您住哪兒？（環境）

## 乙部 聆聽訓練

### 一 詞語聆聽

#### （一）詞語聽辨〔第 1～10 題〕

1. 書房；書房
6. 大修；大修
2. 污染；污染
7. 允許；允許
3. 住哪兒；住哪兒
8. 漂亮；漂亮
4. 寬廣；寬廣
9. 街道；街道
5. 衛生；衛生
10. 西服；西服

#### （二）詞語聽寫〔第 11～20 題〕

11. 其實，兩間臥室已足夠你們用了。臥室……其實，兩間臥室已足夠你們用了。

12. 這周圍甚麼都有，就是缺個菜市，挺不方便。菜市……這周圍甚麼都有，就是缺個菜市，挺不方便。

13. 騎自行車上班兒啊？不嫌遠？嫌遠……騎自行車上班兒啊？不嫌遠？

14. 你這套家具可夠講究的，多少錢買的？講究……你這套家具可夠講究的，多少錢買的？

15. 這一帶是舊區，那個髒勁兒就別提了！髒勁兒……這一帶是舊區，那個髒勁兒就別提了！

16. 遠是遠了點兒，可是環境清靜。清靜……遠是遠了點兒，可是環境清靜。

17. 外面那麼吵，你還能在這兒打盹兒？可真行！打盹兒……外面那麼吵，你還能在這兒打盹兒？可真行！

18. 城市裡的樹木可以減少噪音。噪音……城市裡的樹木可以減少噪音。

19. 街上堵車堵得厲害，我看你還是坐地鐵去吧。堵車……街上堵車堵得厲害，我看你還是坐地鐵去吧。

20. 這個小區有沒有託兒所呀？託兒所……這個小區有沒有託兒所呀？

（三）詞語聽選〔第 21～25 題〕

21. A. 不好　　　B. 不錯　　　C. 不行　　　D. 不大
22. A. 擠擁　　　B. 擁擠　　　C. 擠逼　　　D. 逼迫
23. A. 食煙　　　B. 抽大煙　　C. 抽煙　　　D. 吸引
24. A. 亮堂　　　B. 光猛　　　C. 光亮　　　D. 亮光
25. A. 樓　　　　B. 宅子　　　C. 屋子　　　D. 房子

二　短句聆聽〔第 26～30 題〕

26. 男：我這房子哪兒都好，就是窗戶臨街。
　　問：說話人是甚麼意思？

27. 男：別看這地方亂點兒，街坊鄰居還都熟，真捨不得搬走。
　　問：說話人是甚麼意思？

28. 男：你再這樣大手大腳，恐怕咱連房錢都交不上了。
　　問：說話人是甚麼意思？

29. 女：你可不可以把電視關小點兒，讓我靜靜心？
　　問：說話人是甚麼意思？

30. 女：你看，這個房間佈置得沒說的吧？
　　問：說話人是甚麼意思？

三　對話聆聽〔第 31～35 題〕

女：您住哪兒？

男：我住沙田。您呢？

女：我住銅鑼灣。

男：我以前也住在那兒，不過，我太太嫌吵，才搬到了沙田。

女：沙田那兒的環境不錯，青山綠水的。

男：是不錯，可是上班就遠了。每天在路上來回要花掉 3 個鐘頭。

女：要那麼長時間？

男：是啊，因為我住在沙田的馬鞍山，要先坐汽車，再在沙田火車
　　站倒火車，還要轉地鐵才能到港島。下了地鐵還得走 15 分鐘才
　　能來到辦公室。

女：那是不大方便。不過，有一得必有一失啊，好事還能讓您一人

全佔了？

男：都是我太太那人毛病多，只想自己清靜，害得我受罪。

女：那您太太在哪裡上班呢？

男：她倒近了，就在家門口兒。

女：那不得了，總得盡一頭兒哇。

男：說的就是，誰讓咱是做老公的呢！

四　短文聆聽〔第 36～40 題〕

本報消息：由於多個垃圾站關閉，新建垃圾場地區的居民又堅決反對垃圾入侵，很多市鎮發生了"垃圾大戰"，嚴重影響到環境衛生，甚至威脅到居民健康。

導致垃圾問題惡化的主因是 55 個現有的垃圾站由於不符合規定而被有關當局限令於 5 月底全部關閉，而一時又找不到替代的場地掩埋垃圾。問題比較嚴重的是中河市、楊家鎮、沙河鎮和梨南鄉等。其中，中河市和楊家鎮的垃圾已堆積了一個多月，出現了滿街垃圾，臭氣熏天，甚至學校食堂門前垃圾如山，學生無法進餐的惡劣情況。

衛生檢疫所發言人昨天說，垃圾問題如果不能盡快解決，將導致嚴重的公共衛生問題，後果不堪設想。他說，許多醫生都反映，近來由於呼吸道和食物傳染而發生的腸病毒感染病例已明顯增多，有成為流行病的趨勢。

## 單元三　南腔北調（語言）

## 乙部　聆聽訓練

### 一　詞語聆聽

### （一）詞語聽辨〔第 1～10 題〕

1. 練習；練習　　　6. 輕鬆；輕鬆

2. 永久；永久　　　7. 難學；難學

3. 模仿；模仿　　　8. 語調；語調

4. 根據；根據　　　9. 四點；四點

5. 平息；平息　　　10. 恰巧；恰巧

（二）詞語聽寫〔第 11〜20 題〕

11. 他的普通話演講受到大家的歡迎。演講⋯⋯ 他的普通話演講受到大家的歡迎。

12. 每年雨季，這裡的江水都會氾濫。江水⋯⋯ 每年雨季，這裡的江水都會氾濫。

13. 應聽眾的要求，電台增加了一些普通話的節目。聽眾⋯⋯ 應聽眾的要求，電台增加了一些普通話的節目。

14. 聽他說話的腔調好像是外地人。腔調⋯⋯ 聽他說話的腔調好像是外地人。

15. 你根本心不在焉，怎麼能學好呢？根本⋯⋯ 你根本心不在焉，怎麼能學好呢？

16. 很多大學都開辦遙距學習課程。遙距⋯⋯ 很多大學都開辦遙距學習課程。

17. 多聽多說是學外語的好方法。外語⋯⋯ 多聽多說是學外語的好方法。

18. 福建人說閩語，湖南人說湘語。閩語⋯⋯ 福建人說閩語，湖南人說湘語。

19. 他在辯論會上舌戰群敵。舌戰⋯⋯ 他在辯論會上舌戰群敵。

20. 這小女孩兒口齒伶俐，逗人喜愛。口齒⋯⋯ 這小女孩兒口齒伶俐，逗人喜愛。

（三）詞語聽選〔第 21〜25 題〕

21. A. 姓王　　　　B. 姓黃　　　　C. 星光　　　　D. 心慌

22. A. 機會　　　　B. 時代　　　　C. 機位　　　　D. 幾位

23. A. 破壞　　　　B. 查案　　　　C. 查緝　　　　D. 偵破

24. A. 火氣　　　　B. 生氣　　　　C. 和氣　　　　D. 洩氣

25. A. 藉口　　　　B. 機構　　　　C. 折扣　　　　D. 價格

二　短句聆聽〔第 26〜30 題〕

26. 女：你還在那兒吹？光長了一張嘴巴。
　　問：說話人是甚麼意思？

27. 男：咱們打開天窗說亮話，不必拐彎抹角。
　　問：此話是甚麼意思？

28. 男：語言這玩意兒越學越精。

    問：這句話的意思是——

29. 女：對不起，我有意見！

    問：女的意思可能是——

30. 男：你笨嘴笨舌的，普通話考試都拿了個及格，何況我呢？

    問：這位先生的意思是——

### 三　對話聆聽〔第 31～35 題〕

男：喂，Amy 呀，找到工作沒有？

女：鞋底兒都磨爛了！你呢，西裝革履的，當老闆了吧！

男：老闆不敢當。當了個旅行社的導遊，還說得過去。

女：畢業才兩個月，就找到工作了，算你有本事。能不能介紹我也去你們公司呢？

男：幹這行可不那麼容易。你呀，趁早別打這個主意，不如當個文書。

女：怎麼着，我哪樣不如你？

男：我是憑會考普通話科考了個 A，還有張日文證書，老闆才相中我的。

女：你的老闆是內地人？

男：不是。他是剛從澳州回流的香港移民！所以，對英文的要求也很高哇！

女：他會説普通話？

男：他要是會説，還用得着僱我嗎？

女：我説嘛，就你這水平的普通話，也就是嚇嚇他吧！

### 四　短文聆聽〔第 36～40 題〕

屈指算來，邱瑞盛學普通話也有不少年頭了。可是，一張嘴"也"字還是讀成了"啞"字，"巧"字變成了"考"字。説來可笑，有一次，他和內地來的一位説普通話的朋友電話約會，愣是把早上的"十點"説成了"四點"。害得兩個人，一個在上午傻乎乎地等，一個在下午眼巴巴地候。那天，還正趕上香港最熱的一天，36 度，大太陽像個火球，暴曬！兩人都給曬得脱了一層皮。後來兩人見了面，氣得恨不得掐死對方。但是，邱瑞盛決不氣餒。打那以後，他下了大決心，不學好普通話誓不罷休。老天不負苦心人，功到自然成。聽說最近在一個普通話比賽中，他居然還得了獎。嘿！真行！

## 單元四　八號風球（天氣）

### 乙部　聆聽訓練

#### 一　詞語聆聽

**（一）詞語聽辨〔第 1～10 題〕**

1. 夏季；夏季
2. 溫度；溫度
3. 季節；季節
4. 摧毀；摧毀
5. 傾盆；傾盆
6. 大雨；大雨
7. 風球；風球
8. 寒冬；寒冬
9. 強勁；強勁
10. 炎熱；炎熱

**（二）詞語聽寫〔第 11～20 題〕**

11. 在颳颱風的時候，打着雨傘在街上走，又費勁又危險。街上……在颳颱風的時候，打着雨傘在街上走，又費勁又危險。

12. 掛八號風球，不知軍艦要不要到避風港去？軍艦……掛八號風球，不知軍艦要不要到避風港去？

13. 要變天了，帶把雨傘。雨傘……要變天了，帶把雨傘。

14. 瑞雪兆豐年，看來明年糧食又可以大豐收了。瑞雪……瑞雪兆豐年，看來明年糧食又可以大豐收了。

15. 下雷陣雨時，千萬不要在大樹底下避雨。避雨……下雷陣雨時，千萬不要在大樹底下避雨。

16. 我真不習慣香港的夏天，又熱又潮。習慣……我真不習慣香港的夏天，又熱又潮。

17. 在香港過冬，別提有多舒服了。別提……在香港過冬，別提有多舒服了。

18. 裘皮大衣在這裡用不着。裘皮……裘皮大衣在這裡用不着。

19. 繁花似錦的場面使我流連忘返。繁花似錦……繁花似錦的場面使我流連忘返。

20. 剛到加拿大時,遇上風雪交加的天氣,連門兒也不敢出。風雪交加……剛到加拿大時,遇上風雪交加的天氣,連門兒也不敢出。

(三) 詞語聽選〔第21～25題〕

21. A. 膽小　　　　B. 危險　　　　C. 有用　　　　D. 值得

22. A. 傷害　　　　B. 霜凍　　　　C. 中暑　　　　D. 辛苦

23. A. 好強　　　　B. 洩氣　　　　C. 頑強　　　　D. 結實

24. A. 位子　　　　B. 車牌　　　　C. 導遊　　　　D. 導向

25. A. 遵循　　　　B. 上船　　　　C. 上車　　　　D. 相傳

二　短句聆聽〔第26～30題〕

26. 女:你怎麼不願意呢?這樣的事兒我還巴不得呢!
　　問:説話人怎麼看待這件事?

27. 女:她的脾氣挺彆扭的,你到那兒説話,可得注意點兒。
　　問:她的脾氣怎麼樣?

28. 男:真沒轍!掛八號風球還得去上班兒!
　　問:他感覺怎麼樣?

29. 女:小朋友們,一個挨一個站好。
　　問:小朋友應該怎樣表現?

30. 男:瞧,那個馬大哈!
　　問:看見甚麼了?

三　對話聆聽〔第31～35題〕

女:嗨!放學老半天了,你怎麼還在這兒呆着?

男:我,我,我找不到我的雨傘了。我媽又該剋我了。

女:你的雨傘?是甚麼樣兒的?

男:黑不溜秋的,短短的。

女:那不是!在牆角那兒,不是嗎?

男:不是。我的傘是濕的,可它是乾的!

四　短文聆聽〔第36～40題〕

從前,有一位司徒老爺。他那個人吶,怎麼樣我先不説,待會兒你就知道了。話説有一天,司徒老爺尋思着:"李老漢欠我五塊錢,已有好幾個星期了。我今兒個就到他家去要。"他剛要出門兒,天就下起了瓢潑大雨。那個大呀，好像天漏了一個大洞！那時還沒有天氣預報這回事，要是有啊，準是八號風球！

這時，司徒老爺的老婆遞過來一雙雨鞋。司徒老爺一見，怒氣沖沖地嚷道：“天下沒有你這麼笨的人了！你沒見外面下着大雨嗎？剛買的雨鞋穿出去不就給弄髒了？”他望了望門外，想了一想說：“去，到隔壁鄰居家去借一雙雨鞋來吧！”

過了一會兒，老婆空着手回來了，對司徒老爺說：“人家不借。”司徒老爺罵了一句：“小氣鬼！”然後，咬了咬牙，光着腳跑出去了。

現在你知道司徒老爺是個甚麼樣的人了吧！他的外號就是：鐵公雞。

## 單元五　去哪兒度假？（旅遊）

## 乙部　聆聽訓練

### 一　詞語聆聽

#### （一）詞語聽辨〔第 1～10 題〕

1. 折扣；折扣
2. 遠航；遠航
3. 風光；風光
4. 盛名；盛名
5. 同伴；同伴
6. 豆油；豆油
7. 音響；音響
8. 忘返；忘返
9. 九江；九江
10. 開船；開船

#### （二）詞語聽寫〔第 11～20 題〕

11. 這裡獨特的風景吸引了眾多的遊客。遊客……這裡獨特的風景吸引了眾多的遊客。

12. 旅行總是給我帶來無窮的樂趣。無窮……旅行總是給我帶來無窮的樂趣。

13. 把機票揣好！別光顧着玩兒，弄丟了！機票……把機票揣好！別光顧着玩兒，弄丟了！

14. 那陡峭的山峰，使很多遊客望而卻步。陡峭……那陡峭的山峰，使很多遊客望而卻步。

15. 那個國家過關的手續真複雜。手續……那個國家過關的手續真複雜。

16. 一大早，登上鳳凰山頂，看旭日東昇，別提有多壯觀了！旭日……一大早，登上鳳凰山頂，看旭日東昇，別提有多壯觀了！

17. 他儲蓄了一筆錢是為了到世界各地去旅遊。儲蓄……他儲蓄了一筆錢是為了到世界各地去旅遊。

18. 太陽就要落山了，天邊的雲霞紅通通的，真好看！雲霞……太陽就要落山了，天邊的雲霞紅通通的，真好看！

19. 這裡的名勝古蹟，每年吸引了眾多的遊客。吸引……這裡的名勝古蹟，每年吸引了眾多的遊客。

20. 在米粒大的玉石上能刻上那麼多字，簡直不可思議。簡直……在米粒大的玉石上能刻上那麼多字，簡直不可思議。

（三）詞語聽選〔第21～25題〕

21. A. 機票　　　B. 支票　　　C. 名片　　　D. 紙票

22. A. 秩序　　　B. 程序　　　C. 方面　　　D. 環境

23. A. 說話　　　B. 說笑　　　C. 哭泣　　　D. 哭訴

24. A. 開心　　　B. 高興　　　C. 熱心　　　D. 麻煩

25. A. 吹牛　　　B. 講大話　　　C. 開玩笑　　　D. 撒謊

二　短句聆聽〔第26～30題〕

26. 男：話匣子一打開，他又開始自吹自擂起來。
　　問：他在做甚麼？

27. 男：不到萬不得已，這筆錢不可以動！
　　問：甚麼時候才可以動錢？

28. 女：這天兒要下雨了。
　　男：我看不見得。
　　問：男的認為會不會下雨？

29. 女：我知道他的脾氣，吃軟不吃硬！
　　問：他甚麼脾氣？

30. 男：除非你去，他才會去，否則他不去。
　　問：他會不會去？

三 對話聆聽〔第31～35題〕

女：勞駕，我是第一次來這兒，能不能介紹幾個好玩兒的地方？

男：沒問題。您打算在這兒停留幾天？

女：就三天。

男：好，那我就挑一些最值得玩兒的地方向您介紹吧。

女：太好了。

男：明天您早點兒起來，從這兒出去，坐102路電車，坐8站地下車，那兒就是天安門廣場了。從天安門進去，那就是故宮。

女：有出租車嗎？

男：當然有，不過貴點兒。第二天我建議您坐門口兒的旅遊車，先到十三陵，然後去長城。

女：對，"不到長城非好漢"嘛！從那兒回來，我就成了好漢了！

男：第三天，您先坐5路電車到動物園，再倒332路公共汽車，到頭兒就是頤和園了。有時間最好再坐車到香山。現在正是秋季，香山紅葉可是很有名的。

女：3天夠嗎？

男：那就看您怎麼玩兒了，走馬觀花，也差不多。給，這是您房間的鑰匙。祝您愉快！

女：太謝謝您了！

男：不客氣！

四 短文聆聽〔第36～40題〕

朋友，你去過汕頭嗎？那地方以"功夫茶"著名。也不知是不是甚麼名人效應，自從從香港富商李嘉城表示過特喜歡到汕頭品嚐"功夫茶"之後，專程到汕頭品茗的人大增。當地一些新落成的酒店，也以"功夫茶"作招牌，再加各種名目的優惠，倒也確實值得一去。二人同遊，享受地道的"功夫茶"，高級酒店住上一晚，也不過千把塊港幣。前兩天，我參加了一個去汕頭的旅行團，給了我一個"特惠套餐"，內容包括：五星級酒店一晚雙人房住宿、香港至汕頭豪華直通車來回車票、免費自助早餐、卡拉OK免費入場，"功夫茶"更不用說了，頂得住你就隨便喝。總共你猜多少錢？九百九十九。值！太值了！你想，光來回那車票也值五百塊。再說，這年月，一千塊錢好幹甚麼?不如去玩兒一趟,花倆錢兒,圖個一時痛快得了。你説是不是?

## 單元六 吃點兒甚麼?(飲食)

### 乙部 聆聽訓練

一 詞語聆聽

(一)詞語聽辨〔第1~10題〕

1. 杏核;杏核　　6. 人參;人參

2. 清蒸;清蒸　　7. 監獄;監獄

3. 死板;死板　　8. 蔬菜;蔬菜

4. 盤子;盤子　　9. 炒蟹;炒蟹

5. 什錦;什錦　　10. 魚蝦;魚蝦

(二)詞語聽寫〔第11~20題〕

11. 夏天天氣熱,細菌繁殖得很快,要特別注意食品衛生。細菌……夏天天氣熱,細菌繁殖得很快,要特別注意食品衛生。

12. 味道美不美和佐料的劑量很有關係。劑量……味道美不美和佐料的劑量很有關係。

13. 北京烤鴨是用肉質肥嫩的北京鴨烤製出來。烤製……北京烤鴨是用肉質肥嫩的北京鴨烤製出來。

14. 據考證,發酵麵包的發源地是古埃及。發酵……據考證,發酵麵包的發源地是古埃及。

15. 麥當勞的"牛肉包"最受兒童歡迎!"牛肉包"……麥當勞的"牛肉包"最受兒童歡迎!

16. 你吃過"鴛鴦炒飯"嗎?鴛鴦……你吃過"鴛鴦炒飯"嗎?

17. 餃子餡兒是我拌的,味道怎麼樣?餃子餡兒……餃子餡兒是我拌的,味道怎麼樣?

18. 你要啤酒、果汁兒,還是中國清茶?果汁兒……你要啤酒、果汁兒,還是中國清茶?

19. 冬天到北京一定要嚐嚐涮羊肉。涮羊肉……冬天到北京一定要
　　嚐嚐涮羊肉。

20. 杏仁餅、核桃餅，你喜歡哪一種？核桃……杏仁餅、核桃餅，
　　你喜歡哪一種？

（三）詞語聽選〔第 21～25 題〕

21. A. 慌　　　　B. 急　　　　C. 忙　　　　D. 緊

22. A. 明白　　　B. 假如　　　C. 除非　　　D. 要不

23. A. 湯水　　　B. 飲料　　　C. 飲物　　　D. 喝品

24. A. 幼麥　　　B. 粟米　　　C. 玉米　　　D. 牛排

25. A. 康健　　　B. 強壯　　　C. 高大　　　D. 健康

二　短句聆聽〔第 26～30 題〕

26. 女：薑湯挺燙的，快趁熱喝，發汗效果才好。
　　問：甚麼情況下，薑湯的發汗效果好？

27. 男：我從來不隱瞞自己的觀點，我最恨那些兩面三刀的人。
　　問：他自稱是甚麼樣的人？

28. 女：這菜怎麼這麼鹹，你放了多少鹽？
　　男：就一小撮，不會鹹吧！
　　問：男的放了多少鹽？

29. 男：咱們甚麼時候去吃飯？
　　女：現在十二點三刻，最好錯開這個時間。
　　問：現在幾點了？是否應去吃飯？

30. 女：這麼多山珍海味，價錢一定不便宜！
　　男：讓我約莫約莫。
　　問：男的要做甚麼？

三　對話聆聽〔第 31～35 題〕

女：啊，巧克力是好吃，真得感謝巧克力的發明家。
男：要是叫你吃到發明當初的巧克力，你可能要大罵發明家了！
女：那是怎麼回事？不好吃？
男：巧克力原來是古代印地安人的一種食物，用可可粉做的，又苦
　　又辣。
女：可現在的巧克力，又甜又香啊！

男：那是因為西班牙人在巧克力裡邊加了香料、甘蔗汁兒，結果，巧克力才變成香甜的了。後來，有一位叫彼得的瑞士人，又把牛奶放進去，才把巧克力改造成了今天的巧克力糖。

女：現在的巧克力，五花八門的，甚麼果仁巧克力、香草巧克力、奶油巧克力……

男：花樣翻新，你可要小心！

女：小心甚麼？會有冒牌貨？

男：不是，是讓你小心，吃得太多，就得橫着走了。

女：這倒是句真話。我真希望能發明出一種減肥巧克力！

四　短文聆聽〔第 36～40 題〕

大家都喜歡喝湯，下面我來介紹一個能開胃的 "四神豬肚湯" 的做法：

豬肚湯當然要豬肚啦，半個夠了。此外還要有四樣藥材：茯苓 2 錢、薏苡仁 5 錢、芡實 2 錢、蓮子 2 錢。因為有了這四種藥材，所以叫 "四神豬肚湯"。

調味用品需要準備一大杓兒酒、一小杓兒鹽、高湯要 6 杯，再準備些蔥薑。

做法是：首先，把豬肚洗淨，用蔥、薑、酒煮約 40 分鐘後撈出來，切成粗條狀，放入燉鍋。然後放入那些藥材作料與豬肚同燉，並加一大杓兒酒。燉個約莫半小時後將豬肚倒出，並加鹽調味就成了。

做這個湯，需要特別注意的是豬肚的洗法，洗法不當，味道就不同了。要用少量的麵粉和沙拉油仔細揉搓數遍，再以冷水沖淨；另外還要用酒和白醋再加搓洗以消除腥臭味兒。最後還要用開水燙過。

這個湯有特別的療效，具有開胃健脾、益氣滋養、止瀉消積的功能。如果你的胃口不大好或消化不良，這個湯就最適合你了。試一試啦！

## 單元七　周末消遣（娛樂）

## 乙部　聆聽訓練

### 一　詞語聆聽

#### （一）詞語聽辨〔第1～10題〕

1. 可惜；可惜
2. 欣賞；欣賞
3. 秩序；秩序
4. 縱橫；縱橫
5. 形象；形象
6. 記賬；記賬
7. 寺廟；寺廟
8. 瀑布；瀑布
9. 旅遊；旅遊
10. 舞蹈；舞蹈

#### （二）詞語聽寫〔第11～20題〕

11. 大家都沉浸在歡樂之中。沉浸……大家都沉浸在歡樂之中。

12. 她正欣賞着一首美妙的音樂。欣賞……她正欣賞着一首美妙的音樂。

13. 八和九都是吉祥的數字。吉祥……八和九都是吉祥的數字。

14. 一到周末，成群的人來到郊外公園。成群……一到周末，成群的人來到郊外公園。

15. 他雄心勃勃，要幹一番大事業！雄心……他雄心勃勃，要幹一番大事業！

16. 這裡風景真是名不虛傳，如同仙境一般。仙境……這裡風景真是名不虛傳，如同仙境一般。

17. 這是一座多功能的大型現代化娛樂城。大型……這是一座多功能的大型現代化娛樂城。

18. 在假日，我經常和朋友們相聚，一起品嘗美酒佳餚。佳餚……在假日，我經常和朋友們相聚，一起品嘗美酒佳餚。

19. 香港人一般很守秩序，排隊很少有人加塞兒。加塞兒……香港人一般很守秩序，排隊很少有人加塞兒。

20. 她的歌喉圓潤動聽，給聽眾留下了深刻的印象。圓潤……她的歌喉圓潤動聽，給聽眾留下了深刻的印象。

## （三）詞語聽選〔第 21～25 題〕

21. **A.** 終於　　　**B.** 終究　　　**C.** 到尾　　　**D.** 始終
22. **A.** 火熱　　　**B.** 熱鬧　　　**C.** 火爆　　　**D.** 爆棚
23. **A.** 步調　　　**B.** 部署　　　**C.** 佈置　　　**D.** 佈局
24. **A.** 勤力　　　**B.** 辛勤　　　**C.** 努力　　　**D.** 辛苦
25. **A.** 掉　　　　**B.** 丟　　　　**C.** 扔掉　　　**D.** 不記

## 二　短句聆聽〔第 26～30 題〕

26. 女：你的廣州話說得都快趕上我們香港人了。
　　男：別逗了，差得遠呢！
　　問："別逗了" 是甚麼意思？

27. 男：別看他平時稀里糊塗的，搞起專業來還真有那麼一套。
　　問：說話者的口氣是——

28. 女：怎麼又睏了？昨兒晚上幹甚麼去了？
　　問：說話者發現了甚麼？

29. 女：幸虧有你在場，要不然我真不知道該怎麼辦才好。
　　男：說到哪兒去了，這是應該的。
　　問："說到哪兒去了"，在這裡是甚麼意思？

30. 女：眼看就要考試了，還貪玩兒！
　　問："眼看" 是甚麼意思？

## 三　對話聆聽〔第 31～35 題〕

男：喂，太平山頂的凌霄閣有了笨豬跳樂園，這個星期天咱也去試試，怎麼樣？

女：那玩藝兒，玩兒命！饒了我吧。

男：這是當今世界上最有刺激性的遊戲。縱身一躍，飛向太空。嘿，那感覺，沒治了！

女：吃飽了撐的！那繩子要是不結實，來個 "飛流直下三千尺"，可就真沒治了。

男：你擔心安全呀？絕對沒問題。跳前要檢查五次，你放心，萬無一失。

女：那為甚麼跳前還要簽 "生死狀" 呢？

男：那是為了防止意外，要先買個保險。

女：哼，不出意外，拿不到保險金；出了意外，保險金也不歸我！買它有甚麼用！

男：這麼説，你是想要保險金啊！好辦，你的歸我，我的歸你。一起去玩玩吧！

女：我不要你的，也不想買一份給你！

男：真拿你沒法子，看來，笨豬還不那麼容易當呢！

四 短文聆聽〔第 36～40 題〕

看了一會兒，我忍不住偷偷地笑了起來。原來，這兩位老人家的棋藝都不怎麼樣。但是他們卻都自恃高明，爭強好勝，互不認輸。瞧，他倆常為一步棋爭得個面紅耳赤、互不相讓，到了最後又總是妥協，允許悔棋，重新再走一步。好在兩人的棋藝都"臭"，都是不折不扣的"臭棋簍子"，也就旗鼓相當了。我覺得這兩個老人挺有意思：雖然棋臭，卻又酷愛下棋。滿頭銀髮，卻有孩子般的天真。

## 單元八 龍舟比賽（習俗）

## 乙部 聆聽訓練

### 一 詞語聆聽

#### （一）詞語聽辨〔第 1～10 題〕

1. 陷害；陷害　　6. 習俗；習俗

2. 宗教；宗教　　7. 假期；假期

3. 美貌；美貌　　8. 悠久；悠久

4. 刻苦；刻苦　　9. 傳統；傳統

5. 師範；師範　　10. 比賽；比賽

#### （二）詞語聽寫〔第 11～20 題〕

11. 端午節吃糉子有甚麼講究呢？講究……端午節吃糉子有甚麼講究呢？

12. 她越想越委屈，大哭了一場。委屈……她越想越委屈，大哭了一場。

13. 熊貓不習慣寒冷的天氣。習慣……熊貓不習慣寒冷的天氣。

14. 他可以囂張一時，絕不可能囂張一世。囂張……他可以囂張一時，絕不可能囂張一世。

15. 只要勤懇，就會有成果。勤懇……只要勤懇，就會有成果。

16. 每個民族都有自己的風俗習慣。風俗……每個民族都有自己的風俗習慣。

17. 這副春聯兒寫得別有情趣。情趣……這副春聯兒寫得別有情趣。

18. 那春聯兒的橫聯兒是甚麼？橫聯兒……那春聯兒的橫聯兒是甚麼？

19. 今年的中秋節和國慶節正好相交在同一天。相交……今年的中秋節和國慶節正好相交在同一天。

20. 我最喜歡吃什錦元宵，甚麼味兒都有。什錦……我最喜歡吃什錦元宵，甚麼味兒都有。

（二）詞語聽選〔第 21～25 題〕

21. A. 泊車　　　　B. 停車　　　　C. 放下　　　　D. 擺停

22. A. 膠卷兒　　　B. 菲林　　　　C. 膠圈　　　　D. 膠片

23. A. 取錄　　　　B. 挑取　　　　C. 錄取　　　　D. 聘取

24. A. 原子筆　　　B. 圓筆　　　　C. 細筆　　　　D. 鉛筆

25. A. 轉筆刀　　　B. 削皮刀　　　C. 刀子　　　　D. 鉛筆刨

二　短句聆聽〔第 26～30 題〕

26. 男：左一個元宵節，右一個端午節，中國的傳統節日可真不少。

　　女：誰說不是呢！

　　問：女的意思是——

27. 男：你是屬甚麼的？

　　女：你管的着麼？

　　問：女的是甚麼意思？

28. 女：那兩盒月餅哪兒去了？

　　男：我壓根兒沒看見。

　　問：男的是甚麼意思？

29. 男：這幾天怎麼老見不着小李呀？

　　女：他回鄉下過年去了。

男：誰説的？

問：男的是甚麼意思？

30. 女：你這件泰國式的短裙真好看，趕明兒我也買一件。

問：她甚麼時候去買？

## 三　對話聆聽〔第31～35題〕

女：你知道正月十五，中國老百姓幹嘛要吃元宵嗎？

男：當然知道了！你抬頭瞧瞧，今天的月亮多圓哪！

女：這跟月亮有甚麼關係？

男：哎，關係可大啦！逢十五月亮就會圓，而明亮的圓月往往象徵着親人的團聚。這元宵是圓的，吃了它，親人就能團聚了。

女：真有意思！這種風俗習慣是打甚麼時候開始的？

男：不知是唐朝還是宋朝，反正老早就有了。

女：這些元宵看起來一樣，怎麼我吃起來味兒不一樣呢？

男：傻瓜，那是裡邊兒的餡兒不一樣唄。有桂花餡兒、豆沙餡兒、棗泥餡兒、花生餡兒甚麼的。

女：好傢伙，有那麼多種呀！

男：快吃！吃完了，我帶你看熱鬧去！

女：甚麼熱鬧？

男：看花燈呀，今年還有花燈船表演吶。各式各樣的燈，多極了！

女：有沒有煙花表演呢？

男：當然有。

女：那麼一定也有放爆竹的了？

男：爆竹這兩年不讓放了。

女：有危險，有時還能引起火災。

## 四　短文聆聽〔第36～40題〕

香港賽馬，除了夏季停賽之外，一年三季，每周三次，也就是每個星期三、六、日，都有賽馬活動。這已經成為香港的特別風俗，所以鄧小平説要"馬照跑"。每到跑馬日，香港社會的生活脈搏都好像比平時加快了。數以萬計的馬迷們都一窩蜂似地湧向馬場。一時間，交通堵塞，汽車改道，九廣鐵路甚至設有專門列車開往火炭馬場。馬迷們無論是穿着西裝革履、艷裝彩裙的，還是白領藍領、牛仔背心的，都暫時忘記了其他一切。人人抱着一個願望，就是希望財神爺能照顧自己。他們一進馬場，就迫不及待地去排隊，為心目中的好馬，下一筆賭注。等到賽馬場上的閘門一開，群馬奔騰向前那一瞬間，馬迷們的心就跟着馬蹄的"嘚嘚"聲一齊跳動。忘形之時，真的連自己姓甚麼都忘得一乾二淨了。一場賽事之後，當然有輸有贏。不過，總是輸多贏少。"嗨！怎麼又這麼糊塗！該賭的不賭，買了那麼匹馬，弄得又輸了本！"這樣的話，說了等於沒說。因為對於賭徒來說，這次輸了，下次再來。（改寫自鄭定歐等編《今日粵語》下冊第十七課，暨南大學出版社。）

## 單元九　健康是福（保健）

### 乙部　聆聽訓練

一　詞語聆聽

（一）詞語聽辨〔第 1～10 題〕

1. 記錄；記錄　　　6. 嫉妒；嫉妒
2. 肥雞；肥雞　　　7. 誘惑；誘惑
3. 多少；多少　　　8. 完美；完美
4. 質量；質量　　　9. 魅力；魅力
5. 中藥；中藥　　　10. 心境；心境

（二）詞語聽寫〔第 11～20 題〕

11. 吃藥一定要按照大夫所規定的劑量去吃。劑量……吃藥一定要按照大夫所規定的劑量去吃。

12. 生意越來越差，公司又要削減開支了。削減……生意越來越差，公司又要削減開支了。

13. 我喜歡上生物課，但不願解剖小動物。解剖……我喜歡上生物課，但不願解剖小動物。

14. 經過洽談，雙方達成了協議。洽談……經過洽談，雙方達成了協議。

15. 我們要小心，一些黑客利用電腦網絡犯罪。網絡……我們要小心，一些黑客利用電腦網絡犯罪。

16. 遺傳基因對人體的健康是至關重要的。遺傳……遺傳基因對人體的健康是至關重要的。

17. 知足常樂是指一個人沒有奢望，知道滿足，就會一直快樂。奢望……知足常樂是指一個人沒有奢望，知道滿足，就會一直快樂。

18. 富翁不一定快樂，乞丐也不一定就痛苦。乞丐……富翁不一定快樂，乞丐也不一定就痛苦。

19. 醫學科學的發展是使人類壽命延長的一個重要因素。科學……醫學科學的發展是使人類壽命延長的一個重要因素。

20. 人的身體就像一部機器，不運轉就會生銹。機器……人的身體就像一部機器，不運轉就會生銹。

（三）詞語聽選〔第 21～25 題〕

21. A. 度高　　　　B. 多高　　　　C. 量身材　　　　D. 測身高

22. A. 駐場　　　　B. 現場　　　　C. 駐地　　　　D. 進駐

23. A. 做夢　　　　B. 發夢　　　　C. 亂想　　　　D. 胡思

24. A. 顛作　　　　B. 神經　　　　C. 瘋癲　　　　D. 瘋狂

25. A. 進步　　　　B. 更新　　　　C. 完備　　　　D. 完美

二　短句聆聽〔第 26～30 題〕

26. 男：他壓根兒不鍛鍊身體，要不怎麼老鬧病。
　　問：他為甚麼老鬧病？

27. 女：怎麼不早點回家來做作業？快考試了。
　　男：老師留我們幾個在學校，給了點小灶兒。
　　問：他幹甚麼了？

28. 男：她的病還沒好，怎麼就出院了？
　　女：大夫不讓她出院，她自己硬要出。
　　問：她對出院是甚麼態度？

29. 女：冰天雪地的，你還去散步？
　　男：不礙事，鍛鍊身體嘛！
　　問："不礙事"是甚麼意思？

30. 女：你能行嗎？

男：沒問題，幹這行我是老油條了。

問：男的覺得自己——

## 三　對話聆聽〔第 31～35 題〕

女：你怎麼了，最近一段老是萎靡不振的？

男：唉！我得了"氣管炎"。

女：那你趕快去看病啊！氣管炎會發燒，咳嗽，有時咳得很厲害，還有痰。哎，怎麼聽不見你咳嗽呀？你都哪兒不舒服？

男：我呀，渾身不自在，花錢不敢花，電影兒不敢看，麻將不敢打，澳門不敢去，賭馬……

女：停！停！停！甚麼亂七八糟的？啊！我明白了，你得了"妻管嚴"，讓老婆給看住了。活該！

## 四　短文聆聽〔第 36～40 題〕

人甚麼怪病都有。就拿我的同事徐巧瑞來說吧，本來好好兒的，誰知一夜之間，在腦袋和肩膀中間長出了個大疙瘩。到了醫院，一位邱大夫讓我找胡大夫做手術。做就做吧。她辦完了手續，戰戰兢兢地躺在手術台上，對胡大夫說："大……大夫，我心裡七上八下的，挺沒底，這……這……，這是我第一次做手術呀！"

胡大夫輕拍她的肩膀，對她點頭說："我很同情你的遭遇，也很理解你的感受。因為，不瞞你說，這也是我第一次做手術哇！"

# 單元十　流行款式（購物）

## 乙部　聆聽訓練

### 一　詞語聆聽

### （一）詞語聽辨〔第 1～10 題〕

1. 途中；途中　　　4. 好久；好久

2. 睡覺；睡覺　　　5. 長袖；長袖

3. 品味；品味　　　6. 討價；討價

7. 男孩；男孩　　　9. 裙褲；裙褲

8. 褲襪；褲襪　　　10. 加價；加價

（二）詞語聽寫〔第 11～20 題〕

11. 他們籌集了一大筆資金來辦這件事。資金……他們籌集了一大筆資金來辦這件事。

12. 如果這件衣服有質量問題，請您憑票來這兒退換。質量……如果這件衣服有質量問題，請您憑票來這兒退換。

13. 這香蕉皮兒都黑了，還不賣便宜點兒！皮兒……這香蕉皮兒都黑了，還不賣便宜點兒！

14. 很多人喜歡到地攤兒那兒去買東西，你知道為甚麼？地攤兒……很多人喜歡到地攤兒那兒去買東西，你知道為甚麼？

15. 我買兩斤冬菇，你可得約準點兒。約準……我買兩斤冬菇，你可得約準點兒。

16. 中藥製成片劑對中藥的發展有很大的好處。片劑……中藥製成片劑對中藥的發展有很大的好處。

17. 一般來說，貨物的貴賤隨着它的質量的高低而改變。貴賤……一般來說，貨物的貴賤隨着它的質量的高低而改變。

18. 又到“換季降價”的時候了，還不抽空兒去看看。換季降價……又到“換季降價”的時候了，還不抽空兒去看看。

19. 兜兒裡又沒錢了，我得取點兒。得……兜兒裡又沒錢了，我得取點兒。

20. 最近商店來了一批夾克，挺棒的，你穿上一定很帥，去看看好嗎？夾克……最近商店來了一批夾克，挺棒的，你穿上一定很帥，去看看好嗎？

（三）詞語聽選〔第 21～25 題〕

21. A. 低領　　　B. 高脖領　　　C. 很薄　　　D. 短袖

22. A. 匙羹　　　B. 小碗　　　C. 盤子　　　D. 小杓兒

23. A. 曲別針　　　B. 筆筒　　　C. 塗改液　　　D. 萬字夾

24. A. 扁豆　　　B. 番薯　　　C. 土豆　　　D. 薯仔

25. A. 番茄　　　B. 柿子　　　C. 茄子　　　D. 西紅柿

二 短句聆聽〔第 26～30 題〕

26. 女：哎，你看這個花瓶怎麼樣？
    男：挺不錯的。你想買嗎？我可以幫你砍價。
    問：男的可以幫她做甚麼？

27. 女：你在這兒晃悠半天了，找到你想買的東西了嗎？
    男：還沒呢？
    問：男的在那兒幹甚麼？

28. 女：這件衣裳穿着怎麼這麼彆扭！
    問：女的穿上這件衣服感覺怎麼樣？

29. 女：想起那件事兒，就叫人窩火兒！
    問：那是件甚麼事兒？

30. 女：那人準是吃錯了藥，寒冬臘月兒穿着一件背心在街上走！
    問：說話人覺得那人怎麼了？

三 對話聆聽〔第 31～35 題〕

顧客： 勞駕！您這香蕉怎麼賣呀？
攤主： 八塊錢一斤。
顧客： 您給我來二斤。哎，這香蕉皮上怎麼淨黑點兒呀？
攤主： 這您就外行了。這叫芝麻蕉，是優良品種。黑點兒越多，說明越熟。
顧客： 真的？你可別蒙我了。
攤主： 您信我的沒錯兒。保證您吃了，下次還來找我。
顧客： 就依你吧。再買半斤草莓、一斤櫻桃，一斤葡萄。
攤主： 一斤草莓十二塊五，半斤六塊兩毛五；櫻桃十三塊，葡萄八塊五，香蕉一把是二斤四兩，是十九塊二。一共是四十六塊九毛五。得，您就給四十六塊九毛吧。
顧客： 我買了那麼多，就便宜這麼點兒？
攤主： 好好，多找您一毛，找您三塊二。

四 短文聆聽〔第 36～40 題〕

買家用電器可不同於買水果，弄得不好，可能連命都賠上，掉進"死亡陷阱"。單是今年頭 3 個月，香港就發生了十多起家庭電器的傷亡事故。許多人只看重電器的外形美觀和價錢便宜，而忽略了電器的安全性能。再加上近年又流行北上去內地購物，還喜歡買甚麼廠家"直銷產品"，結果更容易出問題。就拿電飯鍋來說吧，別看它結構簡單，卻很容易產生高熱和滲水。最近，消費者委員會對市面上流行的 25 種電飯鍋進行了 16 項安全性能測試。結果，你猜怎麼着，只有 6 個樣本符合安全標準。例如在"絕緣性能測試"中，經過潮濕處理之後，有 7 個型號的電飯鍋出現跳火和漏電現象。如果使用這種電飯鍋，就很容易觸電甚至發生火災。所以，要買到一個安全的電飯鍋，還着實不容易哩！

## 單元十一　最新消息（新聞）

### 乙部　聆聽訓練

一　詞語聆聽

（一）詞語聽辨〔第 1~10 題〕

1. 執行；執行
2. 謙虛；謙虛
3. 限制；限制
4. 企業；企業
5. 序曲；序曲
6. 狡猾；狡猾
7. 無益；無益
8. 新聞；新聞
9. 研究；研究
10. 降價；降價

（二）詞語聽寫〔第 11~20 題〕

11. 那位模特兒身上的衣服真特別！模特兒……那位模特兒身上的衣服真特別！

12. 香港聯合交易所具有世界聲譽和地位。具有……香港聯合交易所具有世界聲譽和地位。

13. 人們在維多利亞公園集會，紀念香港回歸。集會……人們在維多利亞公園集會，紀念香港回歸。

14. 請您儘快將那個資料的電腦軟件給我。軟件……請您儘快將那個資料的電腦軟件給我。

15. 這場糾紛持續了很久。糾紛……這場糾紛持續了很久。

16. 那也得首先保障本地人的就業機會。保障⋯⋯那也得首先保障本地人的就業機會。

17. 你知道目前威脅香港居民的主要問題是甚麼？威脅⋯⋯你知道目前威脅香港居民的主要問題是甚麼？

18. 難民問題的確是一個很棘手的問題。棘手⋯⋯難民問題的確是一個很棘手的問題。

19. 世貿問題是人們談論的熱門話題。世貿⋯⋯世貿問題是人們談論的熱門話題。

20. 他們也是迫不得已，才鋌而走險，背井離鄉地投奔他國。迫不得已⋯⋯他們也是迫不得已，才鋌而走險，背井離鄉地投奔他國。

（三）詞語聽選〔第 21～25 題〕

21. A. 吭聲　　　B. 出聲　　　C. 發聲　　　D. 哼聲
22. A. 少　　　　B. 細　　　　C. 小　　　　D. 幼
23. A. 聯交　　　B. 股市　　　C. 銀行　　　D. 金融
24. A. 損壞　　　B. 迫害　　　C. 危害　　　D. 利害
25. A. 規限　　　B. 無聊　　　C. 難受　　　D. 煩悶

二　短句聆聽〔第 26～30 題〕

26. 女：大人講話，小孩兒甭打岔！
　　問：大人説話時，小孩子要怎麼樣？

27. 女：討論會在會議廳裡舉行，人坐得下嗎？
　　男：完全可以！那兒容百兒八十人沒問題。
　　問：會議廳裡可以裝多少人？

28. 女：那家商店的售貨員真夠嗆！問兩句就待答不理的，真的！
　　問：售貨員的態度怎麼樣？

29. 男：別看他坐在那兒不吭聲，心裡有數。
　　問：那個人是甚麼表現？

30. 男：今天的報紙有甚麼新聞？
　　女：還不就是哪兒出車禍了，哪兒有人自殺甚麼的！
　　問：女的説話的語氣是甚麼？

三　對話聆聽〔第 31～35 題〕

女：今兒的報紙有甚麼新聞？

男：頭版是恐怖的消息。

女：甚麼？甚麼？

男：五屍奇案。在九……

女：瘆人，不聽！別的呢？

男：另一版是交通事故。一私人小汽車凌晨兩點，司機灌得太多，還高速開車，在急拐彎兒時，刹車不及，衝上便道。幸虧夜深人靜，街上沒人。但司機卻自己撞到擋風玻璃上，鼻樑都撞扁了，送醫院好歹給扶了起來。

女：活該！這回可終身難忘了。還有呢？

男：還有，最近在新界一帶，發現一小流氓兒，專門兒……

女：得了，得了，不愛聽。唉，你說這新聞怎麼全是讓人看了不痛快的消息！

男：要不怎麼說，新聞就是瘆聞哪！

四　短文聆聽〔第 36～40 題〕

　　我最愛看報，也最信報上所講的。報上說，綠茶防癌，我便只喝綠茶；報上說，鋁鍋用久了，人容易得癡呆症，我趕緊給換了不銹鋼鍋；報上說白薯的蛋白質及維生素超過蘋果、梨、葡萄等水果，我就在家強迫每人每天吃一塊兒白薯。但要命的是，有時候，報紙一天說一個樣：一篇文章說鐵元素對人體多麼多麼重要，於是我買了據說含量最高的辣椒，猛吃了幾天。可是，吃完了又見到一篇文章說，人體微量元素是有嚴格的比例的，鐵元素多了有害無益。又害得我疑心了好幾天。以前說飯後吃點兒水果有助於消化，可最近報上又說食用水果的最佳時間是清晨空肚子的時候。弄得我拿着蘋果左右為難，不知何時吃好。更可笑的是，一會兒說人胖點兒好，一會說人瘦點兒好，真弄得我暈頭轉向，不知是多吃點兒好還是少吃點兒好，是增肥好還是減肥好。（改寫自蔣麗萍：〈言聽計從〉，《南方周末》，1993 年 7 月 23 日。）

## 單元十二　生意興隆（經濟）

## 乙部　聆聽訓練

### 一　詞語聆聽

**（一）詞語聽辨〔第 1～10 題〕**

1. 外語；外語
2. 希望；希望
3. 澳洲；澳洲
4. 吉祥；吉祥
5. 支援；支援
6. 貿易；貿易
7. 經濟；經濟
8. 投資；投資
9. 支票；支票
10. 擴展；擴展

**（二）詞語聽寫〔第 11～20 題〕**

11. 對經濟規律根本一竅不通的人，怎麼做好生意呢？規律……對經濟規律根本一竅不通的人，怎麼做好生意呢？

12. 現在的塑料產品有時同金屬品一樣堅固耐用。塑料……現在的塑料產品有時同金屬品一樣堅固耐用。

13. 船上擺滿了集裝箱。集裝箱……船上擺滿了集裝箱。

14. 製造業對於香港經濟也有一定的影響力。製造……製造業對於香港經濟也有一定的影響力。

15. 香港是歐、亞、美的交通要道。要道……香港是歐、亞、美的交通要道。

16. 粵港經濟形成一種相互合作，優勢互補的新格局。格局……粵港經濟形成一種相互合作，優勢互補的新格局。

17. 這家企業經營的業務已擴大到金融證券、基礎設施等。企業……這家企業經營的業務已擴大到金融證券、基礎設施等。

18. 投資股票雖然容易賺錢，但風險較大。賺錢……投資股票雖然容易賺錢，但風險較大。

19. 他們這樣做，是一種剝削，太不像話了。剝削……他們這樣做，是一種剝削，太不像話了。

20. 這種高科技不再局限於電話，而是用於各式各樣的電子產品。局限……這種高科技不再局限於電話，而是用於各式各樣的電子產品。

21. A. 原諒　　　B. 元旦　　　C. 遠行　　　D. 圓月

22. A. 和諧　　　B. 鍾意　　　C. 優美　　　D. 豐富

23. A. 打架　　　B. 友好　　　C. 吵架　　　D. 衝突

24. A. 睦鄰　　　B. 穩定　　　C. 平等　　　D. 相互

25. A. 設計　　　B. 涉及　　　C. 有關　　　D. 成交

二　短句聆聽〔第 26～30 題〕

26. 女：你手藝還真不賴呀！看來，人不可貌相！
　　問：那人的相貌給人的印象怎麼樣？

27. 男：他就愛說大話，你信嗎？
　　問：他常做甚麼？

28. 女：嘿！你真會說話！
　　男：得！你甭給我戴高帽兒，我知道你又有事兒求我了。
　　問："戴高帽兒"是甚麼意思？

29. 男：那個人胡攪蠻纏，大家都看不過去。
　　問：大家都怎麼了？

30. 男：這樣的美事，你怎麼不同意？別人還巴不得呢！
　　問：別人會怎麼樣？

三　對話聆聽〔第 31～35 題〕

　　男：請您把所有產品的說明書和今年的價格單給我看看。

　　女：好。這份是樹脂和塑料方面的，這份是合成橡膠的，這個是價
　　　　格單。

　　男：聽說今年的價格都有調整？

　　女：是的，一般產品都漲價了，平均升幅 14%。

　　男：升得太多了。你們是知道的，我們能轉嫁到顧客身上的很有限。

　　女：話是不錯，不過我們的原料價格大幅度增加，運輸成本也增加
　　　　了不少，所以我們不得不……

　　男：要是這樣的話，我們也不得不考慮向更臨近的地區購貨了。
　　　　再見！

　　女：喂，請等一下，其實在佣金方面我們還可以再商量。

四　短文聆聽〔第 36～40 題〕

全球首部可以連續錄播 4 小時的超小型鋼筆錄音機,現已全面登陸。機身輕巧、外形美觀、攜帶方便、使用簡單。機內設有 199 個分段錄播功能,可隨時選擇段數播放,並能即時連接擴音器輸出。該機更可直接與電話連接,方便收藏珍貴留言。該機最適合經常從事商談或開會之人士,也適合採訪和學習之用,是秘書、記者、學生和商務人士之必備品。目前,本品正值推廣期,10 日內特價發售,親臨現金購買 8 折酬賓,電話信用卡訂貨 9 折優惠。一年免費保養。全港各大電器店有售。欲購從速。

附錄
三
"丙部　說話訓練"
參考答案*

**單元一　你認識她嗎？（交際）**

## 丙部　說話訓練

### 一　對話練習

【參考答案】

（甲手持一張相片兒對乙説⋯⋯）

甲：小王，我來介紹一下，這位是⋯⋯

乙：不用介紹了，我們早就認識了。

甲：真的？你們以前很熟悉嗎？

乙：説熟悉也熟悉，説不熟悉也不熟悉。

甲：這我就不明白了。熟就熟，不熟就不熟嘛。

乙：老實説，她是我以前的對象。

甲：原來如此！你們談過戀愛？

乙：還説不上，只是一般的朋友。

甲：如果是這樣，那算甚麼對象！

---

＊　本附錄答案另收入 CD-ROM 內。

## 二　短講練習

### 【短講示範】

我有一位老同事，又是老朋友，他叫王家浩。說起他的故事，真讓人發笑。比如，他平時很少說話，可是一張嘴，嘿，那嗓門兒，能把辦公室震得嗡嗡響，連窗戶都跟着發顫。他平時大大咧咧，經常要在別人的桌上找到自己的鑰匙、錢包甚麼的。可他的性格又太靦覥，最怕跟女孩子說話。有一次我給他介紹了一個女孩子，都約好了，他硬是沒敢去見面。你說笨不笨！

家浩有一個很特別的愛好，你猜是甚麼？收藏手錶。從很便宜的電子錶，到昂貴的名牌手錶，大大小小，各式各樣，他收集了不下一百多塊兒。錶多了也有麻煩，那些機械錶必須保持走動，所以要經常照看。你發現沒有？家浩每天都戴着不同的手錶，就是為了使那些手錶常走不停！你說麻煩不麻煩？

## 三　會話練習

### 【會話示範】

（在阿松 20 歲的生日聚會上，阿松與朋友阿剛的對話。）

剛：阿松，祝你生日快樂！

松：謝謝！阿剛，正等着你呢！要不，生日蛋糕早被瓜分得一乾二淨了。

剛：噢！你老兄人緣真不錯，來了這麼多祝壽的！

松：甚麼祝壽，大夥兒找個藉口在一塊兒樂樂就是了。

剛：你從哪兒號召來了這麼多人？

松：你看那是誰？

剛：嗯，不認得。看上去他好像比咱們歲數大。

松：跟我同歲，猜猜看。

剛：還真猜不着。

松：咱們中三時的同班，阿雄啊！

剛：真的是他？幾年不見，這小子發福了。我得過去聊兩句。

松：好哇，請隨便吧！

## 單元二　您住哪兒？（環境）

### 丙部　說話訓練

#### 一　對話練習

【參考答案】

甲：你打算甚麼時候搬家呀？

乙：我早就搬完了，住在新界快一個月了。

甲：真的？這麼快！住新界感覺怎麼樣？

乙：最使我滿意的，就是空氣清新。

甲：是啊！雖然上班遠點兒，但是住着舒服。

乙：說得對。喂，你甚麼時候也搬走算了。

甲：我？我搬不了。

乙：為甚麼？你非要在市中心憋着不可？

甲：唉，你不知道，我媽說那兒風水好，不搬！

乙：老人家真是舊腦筋！哪兒那麼多講究！

甲：誰說不是呢！

#### 二　短講練習

【短講示範】

　　上個周末，萍萍過生日，我們中學時的同學約好了一起去給她"祝壽"，順便在她的院子燒烤。萍萍家住在元朗。那是一座二層的別墅式樓房。前後院子有不少的花草樹木，很像歐美式的庭院住宅。因為院子特大，所以才能裝得下三十多個同學在那兒燒烤。跟萍萍的家相比，你也許會覺得，住在高樓大廈單元房裡就太不自由了，好像住在鳥籠子裡似的。

　　萍萍的家好是好，就有一樣讓你想不到。萍萍自己的屋子亂七八糟的，一點也不整齊。簡直像個垃圾房！

#### 三　會話練習

【會話示範】

　　思齊：　明天放學後，一起去我家附近的游泳池游泳，好嗎？

培光： 你家住哪兒呢？

思齊： 穗利公共屋邨哪。打學校這兒走過去，不用 15 分鐘就到了。

培光： 哦，你住穗利呀！早就聽説那裡有網球場，沒想到還有游泳池！

思齊： 你住的地方沒這些設施嗎？

培光： 我那兒是老區，沒那些新設施，但買菜可挺方便的，樓下就是菜市場。

思齊： 我媽就嫌我們那兒買菜不方便，每天去趟菜市，來回要花個把鐘頭呢。

培光： 怎麼會那麼遠呢？

思齊： 其實，我家旁邊兒就有一家超級市場。可我媽寧肯多花一小時，也不肯多花一分錢。非到榮光菜攤兒那兒去買菜。

培光： 這麼説，你媽是到我家樓下買菜嘍！

思齊： 那好，你就到我們那裡去游泳吧！

## 單元三　南腔北調（語言）

## 丙部　説話訓練

### 一　對話練習

【參考答案】

甲：聽您的口音，好像不是本地人？

乙：我是福建人，來香港已二十多年了。

甲：福建人？來香港已那麼久了？

乙：是啊，可是我説起廣州話來還是南腔北調。

甲：也不能那麼説，廣州話本來就難學。

乙：俗話説鄉音難改，一點兒不假。

甲：沒錯兒，鄉音是很難去掉的。其實，我也不是本地人。

乙：真的？您是哪兒人？

甲：我是上海人。

乙：上海？那您的廣州話真不錯。

甲：謝謝，其實還差得很遠。仔細就聽出來了。

## 二　短講練習

**【短講錄音】**

香港中小學的中國語文科是否可以用普通話來授課呢？我認為完全可以。不少中文教師都看到，以普通話為母語的學生的中文閱讀和寫作能力，一般都比以廣州話為母語的學生高。理由很簡單：我們用作書面語的標準現代漢語，跟普通話的口語幾乎是一致的。但是標準現代漢語與廣州話卻有很大的差異。如果我們能堅持採用普通話教授中文科，不但可以使學生有更多機會練習普通話，而且對提高學生的中文書面寫作能力也大有好處。

**【短講示範】**

我認為在香港用普通話教授中文科，在目前的情況下是不可行的。首先，我們必須看到，普通話並不是香港人的母語。對於大多數中小學生來說，強迫他們使用一種不熟悉的語言來學習，不但會妨礙師生之間的正常交流，而且也不能有效地思維。這對學習顯然是不利的。其次，我們也應當考慮到這樣的事實，就是目前大多數香港中小學語文科教師的普通話水平尚不足以應付授課。如果這些教師勉強使用普通話授課，其課堂教學的效果一定會大打折扣。第三，與內地不同，香港社會目前使用普通話並不普遍，大多數場合都需要使用廣州話。而培養學生廣州話的口頭表達能力，也是中國語文科的任務之一，這是不能用普通話取代的。

## 三　會話練習

**【會話示範】**

甲：聽說你去北京出差，有甚麼新聞嗎？

乙：要說新聞，應當算"粵語北伐"了。

甲："粵語北伐"是甚麼意思？

乙：就是說，許多廣州方言詞在北方地區開始流行。

甲：有這樣的事？我們香港人學普通話，北京人……

乙：北京人學廣州話。

甲：真的？

乙：沒錯兒。我在北京到處都能聽到廣州話的詞兒。

甲：哪些廣州話的詞兒在北京流行呢？

乙：很多。比方說吃的方面有"美食""鳳爪""飲茶"。對人的稱呼方面有"老公""靚女"。

甲：住的方面呢？

乙：住的方面，蓋一棟樓取名叫"甚麼甚麼花園"或"甚麼甚麼廣場"。

甲：行的方面，我聽到有的北京朋友說"巴士"。

乙：有"機場巴士"，也有"不設找贖"甚麼的。還有"打的"。

甲："打的"是甚麼意思？

乙：就是乘坐出租汽車。這其實是廣州市的流行語。

甲：哦，"搭的士"的意思。

乙：對。在北京，"打車"就是乘出租汽車，"坐車"才是乘公共汽車。

甲：嘿，還真複雜！普通話越來越多姿多彩了！

## 單元四 八號風球（天氣）

## 丙部 說話訓練

一 對話練習

【參考答案】

甲：現在是紅色暴雨警告訊號，你怎麼還往外跑啊？

乙：我得上學校去呀，今天普通話科考試。

甲：紅色暴雨警告時，學校全部停課，還考甚麼試啊！

乙：不是黑色暴雨訊號才停課嗎？

甲：誰說的？紅色訊號就停課。不信，你打電話問問。

乙：照你的說法，都沒人上班了，問誰？

甲：倒也是，學校裡沒人怎麼問？

乙：那怎麼辦呢？有沒有專門查詢天氣的電話？

甲：有，有！一定有！天文台。

乙：你知道電話號碼嗎？

甲：好像是……，唉，想不起來了。你乾脆上一趟學校看看，最
　　保險！

## 二　短講練習

### 【短講示範】

　　四月的北京，正是春暖花開的季節。路邊的玉蘭樹也爆出了白色的花
瓣兒。但是，北京的春天就是有一樣不好，風大。有時風裡還帶着些
砂土。一颳起風來，飛砂走石的。頂着風騎自行車，都蹬不動。香港
的四月就不同了，很少颳風。本來就四季長青的草木，這時變得更加
翠綠。唯一讓人不大舒服的就是太潮濕。雨水不少，空氣悶熱。人們
都知道，倫敦常有霧，而春天霧更大更多。有一年四月我到倫敦，趕
上大霧，對面不見人。我沒去過澳洲，不過聽説，澳洲的季節與我們
北半球這邊剛好相反。我們這裡是冬天，他們那裡是夏天；我們這裡
是春天，他們那裡是秋天。四月，正是澳洲的夏秋之交，瞧，炎炎烈
日正高照在海灘上，人們正躺在海灘上享受陽光浴的舒適呢！

## 三　會話練習

### 【會話示範】

女：哥哥，你要出遠門兒？去哪兒？

男：我約了幾個朋友在沙田火車站見面，一起去獅子山郊野公園
　　燒烤。

女：咦，真的？

男：怎麼？你也想去湊熱鬧？

女：你沒看天氣預報嗎？今天有大暴雨！

男：別逗了！瞧，秋高氣爽，萬里無雲。沒準兒，你看的是昨天的
　　天氣預報。

女：沒錯兒，我看的是昨天的天氣預報，報的是今天的天氣！

男：算了，不跟你爭了。管它是昨天還是今天。怎麼樣，想不想一
　　起去？

女：我？我才不去呢。我可不想去當落湯雞！

男：就算下雨，又有甚麼了不起？雨中遊山，別有一番滋味兒。

女：遇上山泥傾瀉，就不知是甚麼"滋味兒"啦！

男：那就更有意思了，我還從來沒見過山泥傾瀉的壯觀呢！

女：別嘴硬了！你看，電視已播出，現在是黃色暴雨警告了。

男：真的？這可麻煩了。都怪你！

女：怪我？怪我甚麼呀！

男：要不是你，好端端的天，怎麼就會下起雨來了？

## 單元五　去哪兒度假？（旅遊）

## 丙部　說話訓練

### 一　對話練習

【參考答案】

甲：如果你的假期不長，我介紹你去台灣走走。

乙：台灣？有甚麼好玩兒的地方嗎？要幾天？

甲：當然有。我們正有一個"超值五天享樂團"。

乙：都到哪些地方？能介紹一下嗎？

甲：當然。五天可以暢遊台北、基隆、陽明山、日月潭、台中。

乙：五天五個城市，那也太緊張啦。

甲：旅遊就是要有些刺激性嘛！還包住五星級大酒店。

乙：五星級？那總共要花多少錢哪？這是最重要的。

甲：成人兩千九百九十九港幣，兒童一千九百九十九。

乙：那也不算便宜，有的旅行社才兩千。

### 二　短講練習

【短講示範】

香港有很多好玩兒的地方。假如你只有一天的時間，那麼我建議你首先去看看位於香港仔的海洋公園。這是一個大型的集遊樂、自然和歷史於一身的綜合性遊樂公園。如果你有膽量又好刺激，那些驚無險的機動遊戲一定能讓你滿意。如果你喜歡動物，那麼，"海濤館"中的海獅、海豹，"鯊魚館"中的大白鯊，都會使你大開眼界。特別值得一看的是新來的一對大熊貓——安安和佳佳，牠們那天真的樣子別提多好玩兒了！對了，海洋公園中還有一個"海洋劇場"，有許多海豚和海豹在那裡表演精彩的節目哩。海洋公園的另一端，有一個"集古村"，那裡的建築和用具都是仿古式樣，連裡面的服務人員也都穿着古裝。你可以在"集古村"中領略一番古色古香的風味。至於門票嘛，怎麼說呢？一百五十多塊。有那麼多好玩兒、好看的東西，就算貴點兒，也算值吧？

三　會話練習

【會話示範】

甲：上個周末你跑哪兒去了？打了幾次電話都找不到你。

乙：我去了個不遠不近的地方。

甲：哪兒？

乙：澳門。

甲：以前沒去過？

乙：沒有，這是第一次。

甲：覺得怎麼樣？

乙：還可以，比香港安靜多了。

甲：人口少嘛。都看了哪些地方？

乙：首先當然是"大三巴"啦，澳門的象徵嘛！

甲：沒上"大三巴"旁邊兒的"大炮台"上看看嗎？

乙：上去了！還騎在大炮筒上照了幾張相。

甲：那都是些著名的古蹟。其實，最能代表澳門特色的還不是它們。

乙：是在中國的內地和香港都見不到的大賭場，是不是啊？

甲：是啊！不看看那裡的賭場，就等於沒到過澳門。

乙：早就聽人家這麼說過。

甲：你沒去碰碰運氣？

乙：碰了，一鼻子灰！我的運氣不好。

甲：輸了多少？

乙：沒輸也沒贏。

甲：那算甚麼運氣不好？

乙：因為我那天穿的是短褲，門衛說是賭場的規矩，穿短褲的不許入場。結果，好說歹說也沒轍！

單元六 吃點兒甚麼?（飲食）

## 丙部 説話訓練

### 一 對話練習

【參考答案】

> 甲：小李，今晚到我家喝兩杯，怎麼樣？
>
> 乙：又有喜事啦？
>
> 甲：喜事倒沒甚麼，只是我新請了一位女傭。
>
> 乙：新請了一位女傭，值得你這麼高興？長得漂亮？
>
> 甲：你別沒正經兒的！那女傭做一手好菜，想請你開開胃。
>
> 乙：會做甚麼菜呢？我可是蠻挑剔的呀！
>
> 甲：地道的滬菜。
>
> 乙：甚麼菜？沒聽説過。
>
> 甲：滬菜就是上海菜，我的家鄉菜。
>
> 乙：那可太好了，我最喜歡吃上海菜。
>
> 甲：那就明晚帶太太一塊兒來啦。
>
> 乙：不行，我太太是四川人。
>
> 甲：沒關係，多放點辣椒不就行了？
>
> 乙：那可就成川菜了！
>
> 甲：別管甚麼滬菜、川菜，好吃就成！

### 二 短講練習

【短講錄音】

> 甲：聽説新世紀廣場的自助餐挺不錯，去嚐嚐？
>
> 乙：我老婆不讓我去吃自助餐。
>
> 甲：為甚麼？自助餐的好處多着哪！
>
> 乙：沒聽説過。有甚麼好處？
>
> 甲：最大的好處就是各取所需。
>
> 乙：其實，這正是它最大的壞處。
>
> 甲：這是甚麼意思？

乙：正因為各取所需，結果呢，吃起來就沒有節制。

甲：你沒有"所需"了，為甚麼還要去"取"？

乙：不吃白不吃，幹嘛要少吃？

甲：為了貪便宜呀！

乙：不是貪便宜，而是抵不住那種強烈的誘惑。

甲：那就是你自己最大的"壞處"了。關自助餐甚麼事？

乙：怎麼沒關係？自從我住處附近開了一家自助餐館，我就足足胖了 20 磅。

## 【短講示範】

目前，自助餐越來越流行，很多酒店餐廳都設有自助餐服務。自助餐受歡迎自然有它的道理。我覺得自助餐至少有兩個優點：

首先，正如錄音中所談到的那樣，自助餐最大的好處在於可適應個人的口味，愛吃甚麼就吃甚麼，選擇自由。自助餐的另一個好處即在於不限量。喜歡吃的就多來點兒，不喜歡吃的就少來點兒，各隨其便。這樣，自助餐在飲食方面給了人們以很大的自主權。除此之外，一般自助式餐廳的環境也比較舒適，不太擁擠，吃起東西來，當然心情也會格外好。

但是，如果從另一方面來看，自助餐也有一個問題，就是吃自助餐的人必須能夠自我控制。在口味和數量方面，自助餐給了你充分的自主權，但是，如果你不能控制自己，也就不能很好地利用這個自主。所以，吃自助餐也有講究。首先是要會搭配自己的食物，哪些先吃，哪些後吃，哪些多吃，哪些少吃，要有所計劃。其次，最重要的，是要控制飲食的量。見了喜歡的，千萬不能吃得太多。我有一位朋友，每次吃自助餐，見了烤肉就沒命地啃，結果不但吃胖了身體，而且還吃壞了胃口。你說值不值？

## 三　會話練習

## 【會話示範】

男：要點兒甚麼好呢？來兩隻乳鴿，怎麼樣？

女：乳鴿燒得皮包骨頭，像專門要來卡嗓子似的。

男：這裡的龍蝦做得出名，嚐嚐？

女：對不起，我對海鮮過敏。

男："紅燒咕嚕肉"？

女：太膩了，我怕胖。

男：素菜？"羅漢齋"？"生炒鮮枝竹"？

女：別了，就給我一個魚片湯吧！

男：你呀！甚麼都吃不成，光剩喝湯了！

女：其實，要不是為了陪你，連湯我都不想喝！

男：主食呢？麵條？炒飯？"乾炒牛河"？

女：夠了，其實我今天一點兒都不餓。

男：至少再來一碗紅豆沙，好嗎？

女：你知道我在減肥呀，也不愛吃甜的。

男：你呀，真沒口福。我可餓得要命，得大吃一頓。

女：你總是餓！活像個無底洞！

## 單元七　周末消遣（娛樂）

## 丙部　說話訓練

一　對話練習

【參考答案】

甲：小王，聽説你很喜歡游泳？還得過甚麼獎？

乙：那是十幾年前的事了，現在我喜歡靜的運動。

甲：甚麼算是靜的運動呢？

乙：就是慢動作的運動。

甲：慢動作？

乙：是呀，比方説打太極拳呀，動作很慢。

甲：噢，你好上太極拳了？

乙：不是。比太極拳還慢。

甲：那是甚麼運動？太極拳已經夠慢了。

乙：氣功。

甲：氣功？

## 二 短講練習

### 【短講示範】

我最喜歡的消遣就是看電視了。左手一杯濃咖啡，右手一個遙控器，斜躺在沙發上，打開電視，一看就是半夜。電視這玩藝兒，真是人類最大的發明了。俗話說"秀才不出門，全知天下事"，一點不假。每天的新聞是不能不看的。天下大事，本港小事，應有盡有。像哪國的元首死了、哪兒打仗了、張三在地鐵下邊兒跳軌了、李四的兒子殺了他老子啦，等等，等等，我"第一時間"全知道。

除了新聞，我就愛看那電視連續劇。我以前沒唸過古書，我那點兒歷史知識差不多都是從電視連續劇來的。甚麼《三國演義》，甚麼《武則天》，甚麼《包青天》，甚麼這皇帝那妃子，越演越玄，連我都不信了。玩兒唄，管他真假！

再就是那個體育節目不可不看。特別是那足球，世界盃踢起來那會兒，我連續 5 天沒睡覺！看着那個叫人着急喲，甭提了，恨不得上去幫他踢一腳。夠刺激！

不瞞您說，有時我也看那麼一兩眼三級的電影。年輕人，誰不看？不過，老實說，也沒啥好看的。就那麼點兒事，瞧那翻來覆去折騰啊，沒勁！

## 三 會話練習

### 【對話錄音】

女：我說老公，你能不能小點聲叫哇？輸個球有甚麼大驚小怪的！

男：你看！多臭！臭死了！5 號，笨蛋透頂！他把球踢進自己家裡去了！

女：還嫌人家臭！好啦！我這盤和了滿貫！

男：你們小點聲搓牌，好不好？不然的話，我得把電視再扭大點聲了！

女：到底是你的聲大，還是我們聲大？我們在這裡鴉雀無聲，你，可倒好！吵死了！

男：嫌吵，你們把桌子搬到廚房去打！

女：嫌鬧，你自己到睡房去看！

男：下半場開始了。喔，換了 8 號上場，算是英明決斷！

女：就算換了你上場，也白搭！

男：前衛！衝，衝啊！唉！這麼好的機會，又白丟了！

女：算了，不理他，叫他嚷吧！咱們開牌。

男：停牌？對，就該罰他停牌！

女：你有甚麼權利要我們停牌？這個家也有我的一半！

男：好極了，快趕走那個混蛋，這回可算出口氣了！

女：想趕我走？告訴你，沒那麼容易！

## 【會話示範】

男：聽了剛才的錄音，你有甚麼感想？

女：人各自有自己的愛好，不能強求。

男：對，不過，有時夫妻倆愛好不同，就會鬧矛盾。

女：就是。瞧錄音中那兩口子，男的要看足球，女的要打麻將。兩口子吵起來了！

男：結果，還鬧了誤會。真笑死人了！

女：我看那男的不對。看電視嘛，閉着嘴看不就完了嘛，幹嘛邊看邊嚷嚷！

男：這你就不懂了！球迷看電視，要的就是那嚷嚷的氣氛。

女：這回倒好，有"氣憤"的了。

男：他那位太太也太那個了。知道丈夫在看電視，搓牌輕點兒不就得了？

女：這你又不懂了。打麻將為甚麼叫"搓麻將"？全靠那搓勁兒。

男：那麻煩了。還是一個去廚房搓，一個到睡房看才行。

## 單元八　龍舟比賽（習俗）

## 丙部　說話訓練

一　對話練習

## 【參考答案】

甲：我得告訴你一個壞消息。

乙：甚麼壞消息？

甲：別緊張。聽我慢慢兒說嘛。

乙：快點兒說呀！

甲：你的英語考試不合格！

乙：真的？我最擔心的就是這科，這下子完了。

甲：不過，還有救兒。我問你，今天是幾月幾號？

乙：這與考試有甚麼關係？

甲：當然有關係啦。今天是 4 月 1 日，對嗎？

乙：沒錯。那又怎麼樣？

甲：今天是甚麼節？愚人節！

乙：啊！原來你騙人！

## 二 短講練習

### 【短講示範】

每年的 12 月 25 日是聖誕節。聖誕節本來是西方人的傳統節日，但在香港，由於受到西方文化的影響，每年也都過聖誕節。

每到聖誕節，人們都用五光十色的彩燈裝飾自己的房屋。如果在這時你到尖沙咀海邊走走，就會被維多利亞港兩岸大樓上美麗的燈飾所迷倒，彷彿進入童話般的世界。

按照習俗，許多人家還要在家中放上一棵杉、柏之類的長青樹作為"聖誕樹"，樹上裝飾着彩燈和禮品。傳說中，有一位身穿紅衣的白鬍子聖誕老人，在聖誕夜會駕着群鹿拉着的雪橇，從煙囪進入各家各戶，給小朋友分送禮物。所以，聖誕節也是小朋友們最喜歡的節日。

## 三 會話練習

### 【會話示範】

女：這些是甚麼人呐？怎麼怪里怪氣的？

男：這是澳洲土著人。他們在進行一種宗教儀式活動。

女：他們的頭上戴着各種羽毛，身上畫滿白色的圖案，真好看呐。瞧！

男：中間那位打鼓的好像是他們的頭兒——酋長。

女：那酋長在做甚麼動作，神情那麼嚴肅！

男：他在模仿袋鼠的動作跳舞，嘴裡還在嗚嗚地學袋鼠叫呢。

女：袋鼠也會叫？

男：可能會吧。要不，就是在學鳥兒叫。

女：去去，別瞎掰了！我問你，他們怎麼全像男人？

男：甚麼像男人？他們本來就是男的嘛。

女：我是說，女人都跑到哪兒去啦？

男：噢，這種儀式很莊重，女人是不許參加的。

女：重男輕女！不公平！

## 單元九 健康是福（保健）

## 丙部 說話訓練

### 一 對話練習

【參考答案】

甲：喲，你發燒了，快上醫院吧！

乙：沒事兒。睡一覺兒就好了。

甲：那怎麼行，現在正有甚麼"禽流感"，不能大意。

乙：我又不是雞、鴨，得甚麼"禽流感"！

甲："禽流感"的意思是由家禽傳染給人的流感。

乙：人還能得動物的病？人那不也成了動物啦！

甲：真的，你沒看報紙上說嗎？人得了可沒治了！

乙：別嚇唬我了。"人流感"都沒甚麼要緊的，還怕甚麼"禽流感"！

甲：你呀，不聽好人言，可能就要吃虧在眼前了！

乙：有甚麼虧好吃？不過就是吃點藥嘛！

甲：吃藥不就是吃虧？

### 二 短講練習

【短講示範】

住在大城市中固然有許多的好處。例如，你可以隨時走進一家電影院看一場電影；夜幕下五光十色的街道，也別具魅力。但是，你想過沒有，大城市中的環境實際上對人的健康有害。如果你家住在市區，窗戶又是臨着大馬路，好了，那個吵勁兒就甭提了！一天到晚，車水馬龍在你的窗前，噪音可達 500 分貝。別說你睡不好覺，就是靜下心來想想事情都不可能。長此以往，不鬧神經病才怪呢！再說那空氣，成千上萬的汽車"嘟嘟"地向外吐着廢氣，一刻不停；有的工廠還放出有毒的氣體，污染環境。人能不喘氣嗎？一喘氣就把那些廢氣都吸了進去。時間長了，不得肺癌就算你命大！還有那人山人海。上下班時擠上地鐵，人貼着人，一個兒挨一個，能不傳染病嗎？如果其中一個人得了流感，他在那兒來個帶病毒的流感噴嚏，滿車廂的人一個也跑不了，都得"分享"他那流感病毒。再瞧那樹，都給砍沒了；草地也讓人給踏平了；海邊那水，都漂着一層油花兒；馬路邊兒那些個垃圾筒冒着臭氣。在這樣的環境中，你還想長命百歲？沒門兒！

## 三　會話練習

**【會話示範】**

醫生：　你哪兒不舒服？

病人：　我嗓子痛，吃東西感到堵得慌。

醫生：　張大嘴，讓我看看喉嚨。噢——，嗓子有點發炎。

病人：　不光是發炎吧？我嚥不下東西，好像有甚麼堵在那兒。

醫生：　拿點兒消炎藥，再吃點兒潤喉片，……

病人：　大夫，對不起，我是說嗓子裡好像長了個東西。

醫生：　給，拿這張單子到對面窗口取藥。一日三次，一次兩片。

病人：　大夫，我是說，我是不是得了那絕症？

醫生：　甚麼？絕症？

病人：　就是那不治之症。

醫生：　甚麼不治之症？

病人：　我擔心，會不會是那——喉癌？

醫生：　哪兒的話！不過就是一點兒感冒，其實，不吃藥也能好。

## 單元十 流行款式（購物）

## 丙部 說話訓練

### 一 對話練習

**【參考答案】**

（打電話）

婉玲： 喂，是佳偉嗎？我是婉玲。

佳偉： 啊，聽出來了，好久不見了，你還好嗎？

婉玲： 還行！怎麼樣，明天星期六，下午有空兒嗎？

佳偉： 倒也沒甚麼事。你，有事兒嗎？

婉玲： 最近好多店都秋季大減價，一起去逛逛，好嗎？

佳偉： 好極了，我正想買幾件衣裳呢！明天下午幾點？

婉玲： 3 點，我在銅鑼灣時代廣場前面的鐘樓底下等你。好嗎？

佳偉： 好，不見不散！

### 二 短講練習

**【短講示範】**

其實，對於許多男青年説來，最喜歡逛的地方不是大商場，更不是服裝店，而是專賣電腦的地方：電腦商場。我也不例外。一到周末，我都喜歡去那些地方轉轉，看看有甚麼新的貨色。深水埗的"黃金商場"、旺角的"電腦中心"、灣仔的"電腦特區"都是我經常光顧的地方。走進這些商場，就像邁進了一個科學的王國，你的頭腦完全飛向另一個天地。各種各樣的顯示器、硬碟機、打印機、光碟機、處理器，應有盡有，花樣翻新。還有那些光碟，簡直比圖書館裡的書還要多。我家裡那部電腦是我自己組裝的，功能齊全，無所不能。我可以坐在家裡與世界各地的朋友聊天，可以欣賞澳洲歌劇院中的表演，可以查閱美國總統的檔案資料，可以重新整理我的銀行賬目。

不過，每次逛電腦商場，我總能為我的電腦再更新點兒甚麼。其中的樂趣，真是"難與外人道也"。電腦發展的速度之快，可以用日新月異來形容。正因為如此，電腦商場才使我們這些"電腦迷"留連忘返、常逛常新，每次都能給我們以新的驚喜和無窮的享受。

## 三　會話練習

【會話示範】

男：那女孩子穿的是甚麼鞋？踩高蹺呢！

女：這你就不懂了，這叫“鬆糕鞋”，今年最流行的樣式了。

男：那也太高了，起碼有半英呎，不嫌沉嗎？

女：一點兒也不沉，那是用特別的橡膠材料做成的，可輕便吶。

男：我看，不安全，要是摔一跤，可就了不得了！

女：就你想得怪，該摔，光着腳丫子也一樣摔，跟穿甚麼鞋沒關係。

男：再說，那倆女孩兒的裙子也太短了點兒吧。

女：少見多怪！這叫超短裙，也是新流行的款式。長裙早就不興啦。

男：這倒涼快！瞧，跟沒穿一樣！到了游泳池不用換衣裳了。

女：真的，在外國，有人就穿着游泳衣逛街，反正警察也管不着！

男：那可太不像話了！

## 單元十一　最新消息（新聞）

# 丙部　說話訓練

## 一　對話練習

【參考答案】

甲：喂，請問你們在看甚麼？

乙：噢，你還不知道？那座大廈裡有炸彈！

甲：甚麼！有炸彈？在樓裡？我的天哪！

乙：聽說發現了一件可疑物體，物體還有吱吱聲。

甲：呀，可疑物體還吱吱響？快爆炸了！還不快跑？

乙：別怕，警方已叫來了軍火專家，正在裡面檢查哪。

甲：那也太危險了，我可不敢呆在這兒看熱鬧。

乙：沒事兒，聽說已經排除了。

甲：排除了，你們還呆在這兒瞅甚麼？

乙：等着看軍火專家把炸彈拿出來呀。

甲：甚麼？軍火專家就要把炸彈拿出來了？快跑吧！

## 二　短講練習

### 【新聞報道錄音】

本台消息：入住只有一年多的頌安邨，接二連三出現鋁窗無故脫落、飛墮街道的意外事故。雖然事故中至今沒有造成人員傷亡，但是居民擔心傷亡慘劇會隨時發生，故要求房屋署立即檢查屋邨內所有單位的窗戶是否安全。房屋署發言人回應查詢時表示，正在調查鋁窗脫落之原因。

### 【短講示範】

聽了這條新聞之後，真叫我不寒而慄。我好像感到自己正在街上走的時候，一扇鋁窗正飛落下來，直砸向我的頭頂。不是在開玩笑，這種慘案是隨時都會發生的。這使我想到前不久的另一條新聞，說是在一個大型商場內，有一段圍欄突然鬆脫，掉下來。結果，使一個小孩子從二樓跌了下去。這些事故的發生，我覺得，主要是建築商或承建商的責任，是一個建築的質量問題。

首先，我認為政府應當設立嚴格的檢查和驗收制度。一座樓或一個商場建好之後，要通過仔細的檢查，一切都合格之後才准予使用；第二，萬一出了事，要嚴格追究建築商或承建商的法律責任。像頌安邨鋁窗脫落雖沒有造成人員傷亡，但是因其高度危險，也同樣應對建築商或承建商追究法律責任；第三，要對建築商或承建商實行有效的行政監管。如發現某一質量問題，即應視其情節而對建築商或承建商實行行政管制，直至取消其承建資格。俗話說，人命關天，政府有關部門應對此實施有效的措施，以便徹底杜絕這類事故的發生。

## 三　會話練習

### 【會話示範】

男：你看了昨晚的電視新聞了嗎？

女：看了，有個女孩子從 8 層高的樓上跌下去竟然沒死，真是命大。

男：不是跌下，是跳下去的，她本來想自殺，結果掉在駛過來的一輛私家車上。

女：真是湊巧！也是她不該死。

男：結果那私家車的司機卻被砸成重傷，你說倒霉不倒霉！

女：新聞中說，那女孩子是因為戀愛的事想不開才走這一步的，真不值！

男：就是。去年我的女朋友同我"拜拜"時，我們還一起吃了頓告別飯呢。

女：有幾個像你的！你本來感情就不專一。

男：別污衊我。不過，就算感情至深，難以擺脫，也不至於跳樓哇。

女：那倒也是。新聞中說，那個男的還是個有婦之夫，那女孩子真傻！

## 單元十二　生意興隆（經濟）

## 丙部　說話訓練

### 一　對話練習

【參考答案】

甲：老張，我這回可慘了！不行我得跳樓了！

乙：開甚麼玩笑！有甚麼大不了的事？

甲：不是開玩笑，真是倒霉透了！

乙：跟老婆吵架啦？還是孩子不聽話啦？

甲：都不是，比那嚴重多了。你沒看報紙嗎？

乙：你上了報了？我還真不知道。恭喜！

甲：不是我上了報紙，而是這兩天股票大跌，恆指跌到一萬以下啦！

乙：噢，那關你甚麼事？我知道你說過，從來不玩兒股票。

甲：以前我是不碰那玩意兒。不過，上個月股票牛漲，我眼一紅，唉！

乙：你買了多少？很多嗎？

甲：不瞞老兄您說，我把十幾年來辛辛苦苦攢下的那點血汗錢全買了股票啦！

乙：甚麼？老兄一向持重保守，怎麼一下子幹上股票了？

甲：人為財死，鬼迷心竅啦！這回，損失了一大半！

乙：股市有落就有起，也別太急，也許明天就漲上去了。

甲：謝謝老兄的開導。可明天説不定跌的更多，"一落千丈了"！

## 二　短講練習

**【短講示範】**

失業的問題是金融風暴以來亞洲國家的普遍問題。不但日本的失業率上升，香港也是同樣。"減薪裁員"已是香港的普遍現象。香港特區政府正大力推行公務員的改革，其中一項是促使某些人"提早退休"。這本身即是一種"體面的"裁員。上行下效，各私人公司更是"減薪裁員"之聲不絕於耳。最近幾家大公司出現的所謂大規模"工業行動"，即集體性的罷工或怠工，都是減薪裁員所導致的。

已有工作的人面臨失業的威脅，而沒工作的人找工作可想而知就更難了。今年的中五畢業生和大學畢業生已離校三個多月了，找到工作的人數竟不足一半。説來叫人心寒，我的一個朋友，全家六口人，除了爺爺年邁不能工作之外，其他有工作能力的五人全沒工作。目前只能靠政府的綜援金過活。

我想，雖然失業是目前亞洲許多國家的普遍問題，但是，特區政府不能及時拿出行之有效的應付方案，也是導致高失業率的原因之一。在經濟不景氣的現在，政府應該集中全力，採取有效方法幫助中小型公司發展，給一般市民多創造一些就業機會。至於發展甚麼高科技，要建甚麼"數碼港"和"電子主題公園"等，我雖然不是專家，但覺得未免有些本末倒置，至少是"遠水解不了近渴"。

## 三　會話練習

**【會話示範】**

女：香港被叫作"東方之珠"，你知道為甚麼嗎？

男：那還用説，當然是因為，第一，香港在世界的東方；第二，香港經濟十分發達；第三，大概還因為她不太大，像一顆明珠。啊，美麗的香港！"東方之珠"，璀璨無比……

女：得了，得了，別抒情了！我問你，經濟發達的標誌是甚麼呢？

男：標誌？這標誌是甚麼？問的太抽象了吧？標誌當然就是經濟發達了！

女：從哪裡可以看出經濟發達呢？

男：當然看得出啦。瞧，維港兩岸，高樓林立；青馬大橋，雄偉壯觀；恆生指數，節節攀升；一國兩制，五十年不變；馬照跑，舞照跳；……

女：好啦，好啦，又抒情！經濟發達的標誌在於人們的消費指數。

男：消費指數？太高深了！

女：就是平均每人每年花多少錢。

男：花錢越多，消費指數越高？

女：那當然。你知道嗎，香港青年人均消費指數在全世界名列第二，僅次於日本的東京。

男：噢，捨得花錢就說明經濟發達？錢不是越花越少嗎？

女：這你就不懂了。你想想，沒錢，花甚麼呢？所以，消費指數越高的地區，就說明那個地區的經濟越發達。

男：說得有道理。

女：傳統的觀念是省錢，而現代的觀念是……

男：花錢。

女：也不全對。現代的觀念是掙錢。掙了錢就花，花了錢再掙。花得越多說明掙得越多，掙得越多說明經濟越發達啦。

男：說得也有點兒道理。可是，花錢容易，掙錢並不容易，那怎麼辦？

女：努力工作呀。大家都努力去工作，你說，經濟能不發達嗎？

男：說得不是一點兒道理都沒有。你打哪兒學來的這一套？

女：你忘了，我是經濟管理學碩士呀，英國的 MBA！

男：哦，怪不得你花錢那麼小氣！原來你知道怎麼省錢！

| 責任編輯 | 趙　江 |
| 書籍設計 | 吳丹娜 |

| 書　　名 | 普通話聽說訓練（修訂版） |
| 編　　者 | 張本楠　楊若薇　梁慧如 |
| 插　　圖 | 炎　子 |
| 出　　版 | 三聯書店（香港）有限公司 |
| | 香港北角英皇道 499 號北角工業大廈 20 樓 |
| | Joint Publishing (H.K.) Co., Ltd. |
| | 20/F., North Point Industrial Building, |
| | 499 King's Road, North Point, Hong Kong |
| 香港發行 | 香港聯合書刊物流有限公司 |
| | 香港新界大埔汀麗路 36 號 3 字樓 |
| 印　　刷 | 美雅印刷製本有限公司 |
| | 香港九龍觀塘榮業街 6 號 4 樓 A 室 |
| 版　　次 | 2014 年 9 月香港第一版第一次印刷 |
| | 2018 年 2 月香港第一版第二次印刷 |
| 規　　格 | 大 32 開（140 × 210mm）304 面 |
| 國際書號 | ISBN 978-962-04-3363-4 |

© 2014 Joint Publishing (H.K.) Co., Ltd.

Published & Printed in Hong Kong